青铜

万物生长

冯唐 著

北京联合出版公司
BeiJing United Publishing Co.,Ltd.

讲了一个如何长大的故事，只供回顾。

从头到尾，文中一切纯属虚构，请勿对号。

心智未健全，难容异端者，敬请止步。

献给老妈，她可能不知道有些孩子这样长大。

那是一个夏天，在北大的静园，我们坐在
一条长凳的两端，四下无人，周围尽是低
矮的桃树和苹果树，花已落尽，果实青小，
远未成气候的样子。

目录

多数人在夜晚只看见了车灯，

不记得脑后还有月亮。

《万物生长》再版序

《万物生长》成书的过程很长。

"鸡头"开在一九九八年的夏天。当时刚念完八年的医学院，在七月的北京等着八月去美国体会腐朽没落。那个夏天很热，死了好些白毛老头和小脚老太太，我在呼啸的电风扇前，想，写个什么吧，写了就忘了，到美国就是一个新开始。

"猪肚"填在一九九九年夏天。我在新泽西一个古老的医疗仪器公司实习，替他们理顺全球投标流程。小组里最年轻的莫妮卡比我大十五岁，公司的主要产品长期占领世界50%以上的市场，莫妮卡大姐对我说了一句很国企的话："你不要那么使劲干，否则我们压力很大。"所以我上班的时候上网，看新浪新闻，泡两个叫"新大陆"和"文艺复兴"的论坛。名字叫卡门的老板娘不懂中文，鼓励我："仔细看，中国医疗耗材的潜在市场很大。"公司在新泽西北部，是著名的白区，好的意大利餐馆到处都是。唯一一个号称中餐的馆子，大厨和伙计都是越南人冒充的，一句中文都不会，只会做酸辣汤和左公鸡，让我想起初中看的《金瓶梅》录像，也是越南人演的，里面的潘金莲除了微笑和叫床，一言不发。一个地方，如果没有便宜的小馆子可以喝大酒，喝完酒没有姑娘可以拉着手，口无遮拦，对于当时的我，就是监狱。所以我下班的时候，躲在饭店里写《万物生长》。

"猫尾"收在亚特兰大，用的是二〇〇〇年冬天的三周假期。我给当时为我做出版代理的"格调"先生、师奶杀手、出版家石涛写电邮，说，下雪了，我窗外的松鼠们还没冻死。石涛说，他想起他在辛辛那提写作的时候，说，如果觉得文气已尽，当止就止。写完，我回到北京，当时电子书大佬"博库"还笔直地挺着，在长城饭店旁边的小长城酒家新春团拜，有酒有肉，我第一次见北京的作家们，感觉自己像是在凤凰窝里的一只小鸡。我第一次和作家们喝酒，就被一个叫艾丹的、一个叫张弛的和一个叫狗子的，灌得平生第一次在睡觉以外的时间失去意识，停止思考。去协和医院洗胃，周围十几个医学院同学围着，我心想，将来这些人都是名教授大医生啊，我真牛啊。我事后才知道，这三个家伙，在公认的北京酒鬼好汉榜上分别排名第一、第二和第十一。石涛后来说，我倒下之前，拨了三个手机号码，一个接到留言机，一个说人在上海，最后一个没有通，他想知道，这三个人都是谁。艾丹后来说，我根本就不是他们灌的，是我自己灌的自己，两瓶大二锅头，一个小时就干了，心里不知道有什么想不开的事儿。

现在回想写《万物生长》的时候，好像曾国藩初带兵，"不要钱，不怕死"，我心中了无羁绊，我行我素，无法无天。我甚至忘了早已经学会的好些小说技巧，后来回看我高一写的一个长篇，远比《万物生长》行文老练干净，更像能在《收获》发表的样子。我想，我是土鳖，别太苛求自己。跟生孩子一样，肚子里有要表达的东西，猫三狗四人十月，一直挺着，到时候自然有东西出来。写出来的东西，仿佛生出来的孩子，"儿孙自有儿孙福"，成什么样的气候，是他自己的造化了。

写完寄给我上医学院的时候同宿舍的下铺，他当地时间早上五点给我打电话，说，看了一晚，决定留到女儿长到十八岁，给她看，原来老爸就是这样长大的。寄给我过去的相好，她打来电话，一句话不说，停了一响，挂了。我当时想，《万物生长》不是我最好的东西，也一定不是我最差的东西，要是有十本类似的东西，我就不算是土鳖了吧，和作家们喝酒的时候也不用觍着脸皮不知羞耻了吧？

过了两年，初版的《万物生长》已经断货。E书先生、少妇杀手、出版家熊灿好事，说有热情出全本，让更多的人知道，有些人这样长大。我想，害别的书商也是害，不如害个有热情的。提了唯一一个要求，再版，原作一个字不能删，该是尼姑的地方是尼姑，该是和尚的地方是和尚。

是为序。

第一章
洗车

我在"洗车"酒吧遇见秋水，第一印象是他的眼睛亮得不寻常。

"洗车"是我常去的酒吧之一。"洗车"在工人体育场东门靠南一点，原来真的是一个洗车的地方。等着洗车的人想坐坐，喝点什么，聊聊，后来就有了"洗车"酒吧。如果从工体东路过去，要上座桥，过一条水渠，穿一片柏树林子，挺深的。酒吧用红砖和原木搭在原来洗车房的旁边，洗车房现在还接洗车的活儿。酒吧里是原木钉成的桌椅，砖墙铆满世界各地的汽车车牌，给人国际偷车贼俱乐部的感觉。来过酒吧的人再到旁边的洗车房洗车后，常会下意识地摸摸车的后屁股，确保车牌还在，至少我是。酒吧不大，稍稍上上人，就满了。天气不冻脸的时候，就把桌子支到外边去，屋外可以听见流水的声音，闻到柏树的味道。

现在，三里屯、工体附近，酒吧很多，三五成群，占了几条街，一家没位子可以溜达到另一家。入夜，东大桥斜街左右，杨柳依依，烟花飘摇，各色妇女倚街而站。多数不像本地人氏，或薄有姿色，或敢于暴露，也分不清是卖盗版VCD的，还是卖鸡蛋的，或者索性就是"鸡"。其实，酒吧区变红灯区，就像警察变成地痞一样容易，只是一个时间问题或外人看他们的角度问题。我过去在这一带上的小学和中学，那时候没有这些酒吧，只有卖汽车配件的，把偷来的车拆开在各家出货。要是那时候有现在这些东西，我肯定会变成一个坏孩子，我有潜质。妈妈回忆，我三岁时就知道亲比我小一岁的妹妹，是个淫坏。我从小学读到博士，兼修了个工商管理硕士，一身经世济民的本事，现在争名逐利，津津有味。但是那个淫坏没有发育成淫贼，留在脑子里像一个畸胎瘤，有牙齿有头发有阳具，难以消化。我曾经盘算把我老婆教化成个荡妇，这样就能合法地摆平脑子里的那个淫坏。我搜罗了《肉蒲团》《如意君传》《灯草和尚》、印度的《爱经》、亨利·米勒的两个"回归线"和英文原版的《我的隐秘生活》《芬妮·希尔》《尤利西斯》《查泰莱夫人的情人》以及新近几期的《阁楼》，我老婆英国语言文学科班出身，英文、古文的功底都不错。几次逛红桥旧货市场，我敛了些秘戏图和磁质的秘戏玩偶，前前后后、左左右右，各种姿势都有，旧货贩子讲古时候当生理卫生教材、教具用的，姑娘出嫁之前，妈妈从箱子底翻出来给女儿看，免得尿道和阴户都分不清，让亲家笑了去，说没有大户人家的风范。但是想想只是想想，我把所有搜罗的材料都锁进公司的保险柜里，和我的假账和黑钱放在一起，体现相似的性质。

我老婆五短身材，孔武有力，浓眉大眼，齐耳的短发一丝不乱，一副坚贞不屈的表情。结婚已经五年了，我进入她身体的时候，她脸上依旧呈现一种极为痛苦的表情，仿佛铡刀的一半已经压进她的脖颈。我的秘书有一天新剪了长穗的头发，新换了一双印花丝袜，她没咸没淡地说，她最近读了本书，书上说伟大的生意人从来不把公文包和性爱带回家，生意就是生意，公事公办。而我是个变数。公文包即使是空的，也要往家带。在办公室，连手淫的迹象都没有发现。我的秘书还问我，和老婆那么熟了，小便都不回避，属于近亲，行房的时候，有没有乱伦的负罪感。我真不知道现在书摊上都卖些什么书，不理解小姑娘们都是怎么想的。尽管我的秘书有明显的性骚扰嫌疑，我明白我没办法告她，性骚扰成立的必要因素之一是上级使用权力占便宜，这里我是上级，我的秘书光脚的不怕穿鞋的。

我老婆从来不用香水，她对香水过敏。我以前并不知道，只是简单地认为，东方人不像西方人那样腺体分泌旺盛，没必要用香水。我的一个老情人替一个矮黑胖子生了一个儿子，两年后她才来见我，让我知道，我说："我初中就知道你有宜男相，一定能当英雄母亲。"随之兴奋地抱了她一下，她香气扑鼻。回家后老婆说我身上有一股邪恶之气，她仔细嗅我的皮鞋、西装、衬衣、内裤和袜子。十分钟后她全身起了大块的风疹，像小时候蒸漏了糖的糖三角。她告诉我她香水过敏，她说我不如杀了她，她拨电话给她爸爸："救命！"她爸爸是公安局长，常年扎巴掌宽的板带。之后她后悔说应该先闻皮鞋和西装，停二十分钟，然后再闻衬衣和内裤。如果她是在闻内裤之后起的风疹，她会让我成为新中国第一个太监。

　　好在还有酒吧可以喝酒。我喜欢坐在"洗车"里一个固定的黑暗角落，要一瓶燕京啤酒和一个方口杯子，从角落里看得见酒吧里的各路人物。我觉得酒吧像个胃囊，大家就着酒消化在别处消化不了的念头，然后小便出去，忘记不该记得的东西。浸了啤酒，我脑子里的畸胎思绪飞扬。泡酒吧的日子长了，它渐渐变得很有经验。它的天眼分辨得出哪些是同性恋，哪些是吸毒者，哪些只是北京八大艺术院校来结交匪类的学生。吸毒的比较好认，他们的脸上泛出隐隐的金属光泽。有些眼影、唇膏想模拟这种效果，但是不可能学得像。化妆品的光泽只有一层皮的深度，吸毒者的颜色从肉来，从血来，从骨头里来。同性恋不好认，没有一个固定不变的模式，常常会闹误会。戴一只耳环可以只是因为自己高兴，涂唇膏可能是任性的女友即兴而为，关键还是要看眼睛，眼睛里的媚态和体贴。悠然心会，妙处难与君言。我静静坐在木椅子里，音乐和人声像潮水般在我脚下起伏，松柏、流水、香水、薯条和人气在我周围凝固，黏稠而透明，我像是被困在琥珀中的蜘蛛，没有感到人世间的一切强有力的东西悄然而至。其实这个世界也是个胃囊，我们在里面折腾，慢慢消磨，最后归于共同的虚无。这个世界什么也不记得。

偶尔有"鸡"来和我搭讪，我穿意大利名牌的衬衫，那种牌子在永安里的秀水服装市场还没有盗版。这块儿的"鸡"大多见过洋枪洋炮，品味不俗。有的"鸡"很直率，食指和中指夹着香烟走过来，随手拽一把凳子在离我很近的地方，一屁股坐下。奇怪的是我看不清她的脸，但是在桌子底下，渗过轻薄的丝袜，我感觉到她身体的热度，她的头发蹭着我的脸，可是我已经过了会脸红的年纪。她的粉涂得不好，暗淡的灯光下颈部和胸口不是一个颜色，想起上大学时用绘图软件玩的闹剧，把男教授的脑袋扫描后安到不知名的女裸体上，除了颈部和胸口隐隐一条界线，其他浑然天成。有趣的是，那个无聊至极的脑袋配上优美的身体后，平添了一种诡异的生动，怒态变得娇嗔，呆板变得迷离。她吸一口烟，从鼻孔里喷出，然后透过烟雾冲我一笑，说道："你要是阳痿，我可以陪你聊天，我参加成人高考，学过心理学。"我翘起兰花指，很妩媚地一笑，说道："我们是同行，你丫滚蛋。"

在一个地方待久了，难免会有几个脸熟的男人，都是苦命人。偶尔打打招呼，一起喝一杯，各付各的账。这样的聊天很少涉及彼此的具体情况，不谈公司的进存销。

我习惯坐在这个角落，我有很多习惯。公司的洗手间，我习惯用最靠东边的那个坑位，我固执地认为那个坑位风水最好，拉出的大便带热气。但是连续几天我在"洗车"的角落都被一个少年占了，他又高又瘦，也用一个方口杯子喝燕京啤酒。如果我在公司的坑位总被别人占据，我会便秘的。我被他迷惑。他的眼睛很亮，在黑暗的角落里闪光，像四足着地的野兽。我老婆告诉我，我刚出道做生意时，眼睛里也放绿光，只是现在黯淡到几乎没有了。我在这个少年身上阴晦地察觉到我少年时的存在状态，或许这个少年的头脑里也有一个怪胎，这个发现让我心惊肉跳。

　　我走到他对面坐下，我告诉他我常常坐这儿，他说："是吧。"我问他眼睛为什么会这么亮，他告诉我他小时候总吃鱼肝油胶囊，他说他是学医的，他还告诉我他正在从事使在某种情况下死亡的人起死回生的研究，涉及多种空间、时间等曾经困惑过我的概念。他姓秋，叫秋水，与庄周《华南经》的一章相同。

　　以前我也在"洗车"里和陌生人聊过天，听过不少人的故事。有些人像报纸，他们的故事全写在脸上，有些人像收音机，关着的时候是个死物，可是如果找对了开关，选对了台，他们会喋喋不休，直到你把他们关上，或是电池耗光。秋水不是收音机，他是一堆半导体元件。我费了很多时间设计线路，把他组装起来，安上开关。他的眼睛那么亮，我想音色应该不俗。

秋水给我讲了一个关于生长的故事，让我那天晚上心情异常烦躁，甚至至今分不清故事的真假。他说他不清楚这个故事的主题，也无法理解所有重要细节的意义。我告诉秋水，世界上有两种长大的方式，一种是明白了；一种是忘记了明白不了的，心中了无牵挂。所有人都用后一种方式长大。

　　我付了酒账，一个电线杆子一个电线杆子地走，很晚才回家。我打了个电话给我的老情人，问她孩子最近怎么样了。她问我知不知道现在几点了。我说我不知道现在几点了，但是这有什么关系呀。停了停，我的老情人告诉我，孩子正睡着，挺香。

第二章

人体

　　我是学医的，我认识柳青是在我人体解剖考试之前。我不知道现在几点了，我感觉烦闷，我没有理由还在这个地方待着，我想离开。

　　考试前的宿舍没法待，我决定离开。

　　在我们这所著名的医学院里，大体解剖是用英文讲的。

　　"要知道，百分之五十医学专业词汇是解剖词汇。如果你们用英文学好这门课，以后就能很轻松地和国际接轨，阅读专业文献，和国际友人交流就不会有太多语言障碍了。"白先生用英文说道。白先生说英文像金鱼吐水泡似的，是一种生理需要。白先生是这门课的主讲，他一手拿烟，一手拿粉笔。他十四岁开始抽纸烟，二十四岁开始教解剖，今年他六十二岁。一手黄，一手白，无论黄白，都不是肥皂洗得掉的颜色。

　　"那我们就可以当假洋鬼子了。"我们齐声用中文兴奋地说。

　　"不知道中文名词，那以后怎么给中国人看病呀？校长说我们学校是医中的'黄埔'，要把我们培养成医、教、研三位一体的全才，二十一世纪中国医学的领军人物。我们将来要给中国的老爷爷、老奶奶、大闺女、小媳妇看病，不能光想着出国开会、收外国药厂红包、和外国教授吃宴会呀。到时候我们怎么办呀？"厚朴是个胖子，他举手提问，胖脑门上渗出细细的汗珠。

"这叫什么？"白先生指着厚朴的胖脑门，用中文问我们。

"屁股。"我们齐声回答。

"还有别的关于中文名词的问题吗？"

"没了。"

血管、神经、肌肉、骨骼。血管有分支，神经有变异，肌肉有附着点，骨骼有隆起。我们暗恨爹妈为什么把自己生成这个样子。学了这门课之后，我才开始坚信外星人的存在，人类绝对只是生命进化中的一个环节，远远没有到达终点。

生命的进化应该是螺旋状上升的，在某一点上会具有比过去某一点更高层次上的相似。一百万年后，人类没准又像低级动物一样，只由不分化的内、中、外三个胚层组成，像受某人教训似的，生活简单，思想复杂。除了思考外只有两种活动：吃喝和性交。饿了吃，渴了喝，思想混乱、心绪不宁的时候就性交。到了那时候，没有人再学人体解剖了，白先生这种人被称为古人类学家，一个国家只许养俩，放在国家自然博物馆里，帮助小学生们感受人世沧桑，讲解人的由来。

其实，我们不怕考试。六岁上学，至今几乎已经念了二十年的书，有过三四十个老师，大小百来次考试，变换花样骂过各种老师几千次祖宗。我们对考试是如此熟悉，以至于考试已经成为我们生活中的一部分。考试会呈周期性地到来，仿佛榆叶梅开花、十一、元旦、春节、每月的补贴。已经习惯，没有任何新鲜，可以麻木地对待，仿佛榆叶梅花开去照相、月经前买卫生巾和春梦后洗内裤。再说，我真是无所谓。

几乎从十岁以后，我就已经没有了任何竞争心。我没有学过，所以一直也不知如何和别人争，最主要的是我找不出和别人争的理由。我老妈说，我因此注定不能成为富甲一方的人物。我认为，没有什么是不可替代的，一些仿佛不可或缺的东西其实并不是真的那么重要。过去孔丘没有笔记本电脑、手提电话，一样伟大。没有熊掌，可以吃鱼。没有鱼，可以去天坛采荠菜。饭后没有保龄球、KTV等娱乐，我们可以散步，体会食物在身体里被消化、吸收，然后我们大便。大便不仅仅是一种娱乐，简直是一种重要的修行方式。还有很多人在大便中升天，更多的人死去。当然，这一切需要智慧。抬头望望天上数不清的星星，想想生命从草履虫进化到狗尾巴草再进化到人，再琢磨一下心中患得患失的事情，你也会有一点智慧。争斗的人、追逐的人、输的人、赢的人，都是苦命的人、薄福的人。事物的本身有足够的乐趣，C语言有趣味，《小逻辑》有趣味，文字有趣味，领会这些趣味，花会自然开，雨会自然来。如果你含情脉脉地注视一个姑娘三年，三年后的某一天，她会走到你身边问你有没有空儿一起聊聊天。

上高中的时候，我就曾经含情脉脉地看了我的初恋情人三年。初中的时候，我们不在一个学校，我已经听说过她的名声。关于她如何美丽的传闻和《少女的心》《绿色尸体》等手抄本一起，在我周围流转，和做不完的习题、翻修不断的东三环路共同构成我少年生活的背景。高中的时候，她坐在我眼角将将能扫到的位置。如果她是一种植物，我的眼光就是水，这样浇灌了三年，或许她从来没有想过她如此滋润的原因。

三年不是一段很短的时间，简直有三辈子那么长，现在回想起来，搞不清是今世还是前生。

我很难形容这三年中的心情，有时候想轻轻抱一下，有时候想随便靠一靠，最终都一一忍了，心似乎一直被一簇不旺却不灭的小火仔仔细细地煎着。听说有一道味道鲜美无比的猪头大菜，做法早已经失传，行家讲关键是火候，那种猪头是用二寸长的柴火煨三天三夜才做成的。每隔半小时添一次柴，一次只添一根柴火，三天三夜之后才熟。三年高中，一天一点的小邪念就算是二寸长的柴火，三年过后，我似乎也应该成熟了，跟猪头似的。

后来她去了另外一个城市上大学，于是通信，因为同学过三年，有一起回忆的理由。记得忽然有一封信，她对我的称呼少了姓氏，只是简简单单一个名字。她原来浅浅深深、云飞雪落的基调变得严肃起来，开始谈起国内形势、艺术表现和学业就业等重大问题。我回信说，国内形势好啊，有空来玩吧，洋鬼子建的旧燕京大学味道很好。那是一个夏天，在北大的静园，我们坐在一条长凳的两端，四下无人，周围尽是低矮的桃树和苹果树，花已落尽，果实青小，远未成气候的样子。我们的眼睛落在除了对方身体以外的所有地方。她长发长裙，静静地坐着，头发分在左右两边，中间一帘刘海儿低低地垂着，让我心惊肉跳。我说我索性讲个故事吧，话说一个男孩如何听说过一个女孩，如何看了她三年，如何在这种思路中长大。她说我也讲个故事吧，话说一个女孩如何听说过一个男孩，如何想了他三年，如何在这种思路中不知所措。我不由得倒吸一口冷气，在狂喜中一动不敢动，我想，如果这时候，我伸出食指去接触她的指尖，就会看见闪电；吐一口唾沫，地上就会长出七色花。

两年后，我上了生物统计之后才明白，这种超过二十七个标准差的异类巧合，用教授的话说就是，扯淡。

我虽然不喜欢争夺考试的名次，但是我喜欢看热闹，看别人争，从中体会色空。我从小就喜欢。

我家对面，隔一条马路，是一所中学，"文革"的时候以凶狠好斗闻名。喊杀声起，我马上会把正在看的课本扔到一边，一步蹿到阳台上。马路上旌旗飘扬，顽劣少年们穿着深浅不一的绿军装。斗殴有文斗和武斗。文斗使拳脚，关键是不能倒地，倒在地上就会被别人乱踢裆部和脸，以后明里暗里都没办法和姑娘交往了。武斗用家伙，军挎里揣着菜刀、管叉和铁头木把的手榴弹，家伙使得越朴素的人越是凶残，我见过一个蓄一撇小黑胡子的人用一个手榴弹把别人的脑浆子敲出来，白白的流了一地。文斗常转化成武斗，被拳脚打得鼻青脸肿的人从地上爬起来，用军装的下摆堵着流血的鼻子，冲打他的人喊："你丫有种别走，在这儿等着。"打他的人多半会一边轻蔑地笑着，一边等一等，武斗往往就在之后进行，仿佛幕间休息一阵，下一幕开始。斗殴的缘起有时候会非常简单，一个新款的军挎，相争的二人一手扯住军挎带子，另一手抡着板砖砸对方的头，谁也懒得躲，谁的头扛不住板砖，先倒下去，军挎就归另一个人。有时候涉及女人。两路人马在马路中间厮杀，充当祸水的女人在一边无能为力地哭，眼泪流到土地上，溅起尘土，没人理她，更没人听得见她的哭声。她长得可真美，两把刷子垂在高高的胸前，又黑又亮又顺，随着哭泣的动作一跳一跳的。要是我有一身绿军装和菜刀，我也会忍不住冲到楼下为她拼命的，可是我家的菜刀被妈妈锁起来了。斗殴比现在的进口大片好看多了。我的多种低级趣味都是"四人帮"害的，但是相隔时间有些远，不能像哥哥姐姐那辈儿似的，把自己不上进的原因都推给那四个家伙，然后自己心安理得。

我的同学们应付人体解剖考试，也有热闹看，他们用尽杀招，彼此歃血为盟，考试时不许装聋作哑，答案不许写小，否则私刑伺候——你的被子里会发现死老鼠，你的女友不会再相信你遇见她之前是处男。各自出动，向高年级的学长咨询："你们解剖课都考了些什么？"老师们其实是很懒的，每次考试之间的差别不大。学长的记忆因为年代的久远而模糊不清，但是不同的人模糊的地方不同。咨询来的信息汇总，就是一张很完整的藏宝图。

当然，还有美人计，央求些环肥燕瘦或是声音婉转莺啼如寻呼台小姐的女生去央求白先生，把重点套出来。"以后考妇产科、儿科的时候，我们再替你们献身，尽遣酷哥猛男将老太太们迷倒。"男生保证。

我们教学医院的妇产科、儿科有一批极难缠的女教授，医技高超，富有献身精神。她们念医科大学的时候，拒绝一切男士的追求，认为求学期间，应该心如古井水。后来毕业了，当住院医，二十四小时值班制，无暇顾及儿女私情。转成主治医，管病房，起白骨，决死生，性命相托，责任太大，不能不尽心，婚嫁先免谈。升了副教授，正是业务精进、一日千里的时候，昔日同学们都在出成果，自己也不能落后，个人的事情暂缓。多年以后，终于升成教授，可以趾高气扬了，忽然发现自己的脾气越来越大，人已在更年期，再过两年，绝经了。当水想翻腾的时候，身子已经成古井了。

这些女教授看惯了生离死别、人事沉浮、改朝换代、阳痿早泄，就是看不惯别人幸福，尤其是小女生们幸福的样子。她们编了一本《新婚必读》，严格规定每周房事不得超过一次，过后不补，床上不许哼哼，事后不许讨论。我们的女生预见到将来的江湖险恶，很爽快地答应这次帮男生的忙，毒施美人计。

说实话，计是妙计，就是不好实施。我们的女生有胖的，有瘦的，有长雀斑的，有臀下垂的，有心事重重的，有阴狠刻薄的，有月经不调的，有未婚先孕的，就是没有美人。我们有机会就怂恿教务处主管招生的小邵老师，本来学校地处闹市，鲜花不开，嫩草不长，要是再没有一些赏心悦目的小女生，生活质量就太低了。培养出来的毕业生，见了稍稍有姿色的女病人就想入非非，脸红脖子粗，一副没见过世面的样子，难成医学大师。录取分数上可以降一些嘛，如同对待体育特长生、数学奥林匹克奖牌得主一样。小邵老师长得小巧精致，白白的，乖乖的，鼻子周围一圈细细的雀斑。我和睡在我下铺的辛夷同她的关系可好了。我们每年都陪她去办高考招生咨询，有时候在龙潭湖，有时候在地坛。我和辛夷每次都怀着同一个心愿——诱骗一些美人回来。每次都穿自己最挺的西裤、最有品位的衬衫，猴子似的爬上古树，挂上印着我们学校校名的红布条幅，然后一脸灿烂健康的笑容坐在咨询台的后面，一边四处贼瞧，一边大喝教务处买来的橘子水、大吃"雪人"。可是我们学校学制漫长，以艰苦卓绝、万难考入著称，没一点自大狂或钟情妄想的女生不敢靠近我们的台子，偶尔路过的漂亮女生看见我和辛夷眼巴巴地望着，看看我们，再抬头看看我们学校的牌子，吐吐舌头，扭身走了，头也不回。也有不知死活的女生一脸自信地走过来，上嘴唇的胡须比我的还浓，脸上的青春痘比辛夷的还灿烂，鼻子上一副大眼镜，看上去层层叠叠，仿佛水中的涟漪。眼镜后面一双大眼睛，眼大漏光。

"你们都是医大的学生吗？"她问。

"是。"我们反倒不好意思了，摩挲着手，一脸皮笑肉不笑。

"你们学习都不错吧？你们学校是不是特别难考？能考上的是不是就能证明自身的价值？"

"我们学校不是特别难考，而是特别特别难考。他——"我指指辛夷，辛夷吃了九根不要钱的"雪人"，嘴唇都紫了，我心里暗骂他没出息，公家的"雪人"也不能往死里吃呀！"他考完得了先天性心脏病，不信，你看他嘴唇，明显的缺氧表现。我得了神经衰弱、胃溃疡，花开伤心，花落溅泪。还有一点特别需要考生注意，就是近视眼不招。做手术眼睛一定要好，否则你一不小心就把阴道和直肠接到一起去了，影响人家夫妻和谐、家庭幸福。"

"可是你们也戴眼镜呀！"

"我们戴眼镜是为了显示我们有学问，并不表示是近视眼，否则病人不信任我们。我们的眼镜是平光镜。不信？辛夷，把眼镜摘下来。"辛夷摘下眼镜，眯着半瞎的九百度近视眼说道："你穿了一件粉红的衬衫，衬衫上有一只凤凰，凤凰嘴里叼了一朵牡丹花，对不对？"那个女生黯然地走了，后来还是考入了我们学校，成了我们的师妹，现在见了我们老远就绕着走，如避瘟疫。

为了施展美人计，我们可爱的女生集体去学校的公共浴室洗了澡，薄施粉黛，小衣襟短打扮，腋窝喷了香水，头发松松的，眼睛亮晶晶的，出发前遇见我们，嫣然一笑："怎么样？"

"像女特务。"我们赞道。

第三章

处男

如今，离考试还有三天，套来的重点基本背熟了，女生们还在楼上的自习室发呆，一手翻书，一手清理嘴唇上的死皮，小块的扔掉，大块的放在嘴里嚼。男生啸聚宿舍，开始胡言乱语。

"听说实物考试最难。过去考骨头是用一个黑布袋，白先生伸进一只手，让你也伸进一只手，白先生的手牵你的手摸到一个突起，问你，这是什么骨头的什么部位。"厚朴说。

厚朴刚洗完澡，糗在床铺里搓泥、铰脚指甲。"嘿，你们发现没有，洗澡之前，你身上搓出来的泥是黑的；洗澡之后，搓出来的泥是灰的；如果使劲洗，多使几遍肥皂，搓出来的泥可以是白的。'宝泉堂'男浴室看门的兼职搓澡，十块钱一位，搓出的泥一寸长，两头尖中间胖鼓鼓。奇怪，你们发现没有，脚指甲长得比手指甲慢。考你们一个人体解剖的题目，谁知道人身上味道最大的泥儿在哪儿吗？"

厚朴对人体充满好奇，将来会是个好医生。他能在解剖室一待就是一晚上，用啃猪肘子的姿势抱着被解剖得七零八落的胳膊看个不停，一边念叨："原来是这个样子，原来是这个样子。"

没人搭理厚朴。他一只腿耷拉在床框，另一腿架在一张凳子上。凳子表面薄薄的一层都是他的腿泥和半厘米宽的脚指甲。厚朴把腿泥和脚指甲扑落到地上的时候一脸黛玉葬花般的怅然，差点儿又问我们一遍有没有人要。他坚信一切鲜嫩的事物都是美好而奇妙的：烤乳猪、东安子鸡、童便。香椿芽能炒鸡蛋，而香椿叶子只能喂猪了。他总是得意自己是处男，具有神奇法力的。像腿泥、脚指甲之类从他身上弄出来的东西也同童便一样，有功用的，比如治失眠、偏头痛、遗精、阳痿、早泄，等等。

"热情一点，好好想想，白先生会考的。不会？告诉你们吧，土鳖。大脚指甲缝里藏的泥最臭了。"厚朴把刚刚搓过脚的大拇指放在鼻子下闻了闻，觉得没人理他，怪没面子的。

"无聊啊。"黄芪长叹一声，他女朋友娟儿为了不打扰他温习功课，已经十天没来看他了。

黄芪可爱他女朋友了，他女朋友让他把爱收集起来，考完试一起给她。他想尽办法也没能让他女朋友明白，有些东西是不能储藏的，仿佛从四岁到三十九岁一次亲热也没有，四十岁时失身，把他的少妻从床上顶到胡同口。

黄芪的女朋友娟儿是广播学院的。半年前我们五个人在第二外国语大学的食堂吃完晚饭，到隔壁的广播学院闲逛。广播学院是北京"四大染缸"大学之一（另外三个分别是二外、工大和语言学院），女生很出名。我们五个挤在林荫道旁的一张长椅上，一边喝一种叫"雪龙"的红色草莓香精汽水，一边看过往的女生，仗着人多势众，我们的眼神肆无忌惮。

我们合计，应该培养一下勇气，像过去一样，辛夷拿出随身携带的骰子，我们掷，谁的点数最小，谁去和过来的第一个姑娘搭讪。黄芪的点数最小。春节去白云观庙会，黄芪求的签讲他今年交桃花运，真灵，今年这类掷点都是黄芪点数最小。春天去灵峰春游，别人爬山，我们在宿营地门口打牌，"三扣一"，又是黄芪输了，被我们逼着到街上劫人。过来一个四十岁左右的黑脸大妈，黄芪低头走过去，蚊子一般咕哝一声："我爱你。"大妈耳朵真灵，回口就骂："小流氓，回家爱你妈去吧。你别跑，俺回家叫俺家的大黑狗好好爱爱你。"

黄芪戴黑边大眼镜，比我还瘦，班上好在还有他，我不至于瘦得太出众，受尽女生奚落。其实，他常穿宽大的衣服，举手投足间有儒雅之风，如果不笑，真的不像坏人。他在广播学院的林荫道边的长椅上掷出三点后，迎面走来了他现在的女友。黄芪走过去，当时夕阳西下，天空半彩半灰，风大到刚好吹起他宽大的衣服，看起来很飒。他拦住那个女生："同学，不好意思，现在六点半是几点了？"

当时，我们都忍不住笑了。他现在的女友没笑："现在真的到六点半了。"

娟儿绝对属于胸大无脑那种，怀里仿佛真的揣了两只小白兔似的，它们跳，别人的心也跳，她却不知道别人的心是不是跳以及为什么跳。黄芪可爱她了，十天不见，烦躁非常，可又和她讲不清道理。我建议他不如激她，说如果和她结交半年，黄芪的考试成绩一点不降反而上升，对她来说是很没面子的事。黄芪说没用，她听不懂的。辛夷让黄芪直接对她说，考试期间最是苦闷，没有女朋友，就要找替代了。

"昨天我做了一个春梦。我女朋友用她的小手轻轻抚摸我的脸。正在幸福中，忽然发现一个问题，那只摸我的手有六个指头！我回手往脸上一拍，醒来发现我把一只蟑螂拍死在脸上了。"厚朴说。他剪完脚指甲，从抽屉里拿出一个小镜子，撕了一截手纸，铺在桌子上，开始挤他脸上的包。每挤出一个，就把挤出来的油脂整齐地涂抹在手纸上。厚朴的脸是个油田。他说挤包也是技术，要判断哪些包成熟了，哪些没有，成熟的到了什么程度，没熟的几天后熟。挤的手法要讲究：掐得太多了，挤不出来；掐得太少了，反而挤到皮里面去了。镜子照不到的地方，就得全凭手上的感觉了。心里有把握了，下手要明快决断，不能怕痛。当油脂从包里喷涌而出的时候，厚朴说每每能体会到大庆工人打出石油的快感。我说要是他对他的包及其分泌物那么感兴趣，可以找个瓶子收集起来，要是怕见光分解，我可以给他一个棕瓶或是包上黑纸。攒够一定数目，可以再擦脸、炒菜，或是做印度神油。厚朴说我恶心。

"厚朴，两只蟑螂从你饭盆里爬出来了。你又几天没洗饭盆了？"

厚朴瞧了一眼自己的饭盆，大喊："谁把这个死脑袋又放我饭盆里了？你们没脸没皮，冷酷无情，不觉得恶心，我可要骂娘了！"他的饭盆里有一个完整的头骨，顶骨涂红，颞骨着蓝，枕骨上黄，五色绚烂。白老师规定不许把骨头之类的带回宿舍，但是头骨太复杂了，厚朴觉得光在解剖室看不能完全理解，就从解剖室带回来课下把玩，不少人觉得恶心。

辛夷有副好嗓子，他能唱出像美声又像民族唱法的声音来。他喜欢在楼道里歌唱，他被自己的回声打动。辛夷在楼道里唱的时间长一些，别的宿舍就会往楼道里扔破漱口缸子之类的东西，叮叮当当响，他从来不认为和自己有任何关系。他认定，如果他不是在胡同里长大，从小住楼房，特别是那种有大楼道的筒子楼，他一定会是个歌唱家。

"我将来有了钱，一定要买个楼道，即使不买楼。"辛夷说。

辛夷的老爸在一家日本人的工厂里当科长。辛夷爱上了他老爸车间一名叫秀芬的女工。他讲这件事的时候，表情凝重。他老爸规劝过很多次，最后威胁他将秀芬调走，辛夷急了，冲他爸喊："秀芬又不是我妈，又不是你相好，我也不是乱伦，又不是夺爱，你累不累呀？"他老爸恼羞成怒，操起长长的切西瓜刀追出辛夷两里地，辛夷回想起来，总说他爸那天像极了龟田小队长。

辛夷有幼功，踢腿能踹到自己的后脖颈子，过去唱京剧，现在他只唱情歌。他求我帮他从《诗经》里抄几首情歌给他。

"现在的歌太浅薄。"

我告诉他《诗经》里多是四字一句，不好唱。他说音不够的地方用助词补，用架子花脸能唱。

他从宿舍逃出来，清清嗓子，唱他最爱唱的一段："有女怀——呀春——嗯——嗯——嗯，吉士——呀——诱——之——。"楼道里回声隆隆。

我看了眼十几平方米的宿舍，一屋子半个月没洗的衣服，六七个一星期没刷的饭盆，五六个胡说八道的同屋。厚朴新取了一张手纸，在桌子上铺了，他要掏耳朵了，这是他洗澡后最后一个项目。他的耳朵是糖耳朵，耳屎橙黄晶亮，与众不同。厚朴说总有一天他要知道它是甜是咸。

这个地方没法待，我决定离开。

第四章

哥伦布

春雨。轻细如愁。

大家都认为我是个粗人，脑袋里有方圆百里最粗糙的思想。但是他们不能体会我精细的内心深处，不承认我是个骚人，他们只能感到我粗糙思想的伟大力量并且对我的能力充满信心。我把我的文字给他们看，他们说禀赋奇特，幼功深厚，比他们念过的绝大多数文字优秀。但是他们总认为我将来会用更简单直接的方式行走江湖，聚积不义之财，在声色犬马中忘记文字之美，像其他人一样猪马般死去，不复被人记起。现在已经不是千年前那个时代，文章写得好，就可以骚扰皇上，赢得生前身后名。一阕《青玉案》就能当银票使，付异性按摩的账单。现在要靠文章吃饭，日子过得会比风尘女子更凄惨。性欲旺盛，不会让你名垂野史，只会使你打鸡的预算吓人。你写一篇《我的隐秘生活》冲账，姐妹们会像那个笑齐白石用画的白菜换真白菜的农民兄弟一样，说："你想拿假的换我真格的，你以为我傻呀，你脑子里有屎呀？"

我在难得无人的宿舍里听老柴的《悲怆》。我对音乐一窍不通，所有不带歌词的民间乐曲都会被我听成《五更转》《十八摸》，就像我能从所有现代画看出春宫图，看见所有宝塔、导弹之类挺起来的东西想起生殖器官。老柴的《悲怆》是我初恋情人送的，由定情物变为信物再变为爱情遗物，历尽沧桑。我只会把它当文章听，听其中的起承转合，觉得是篇不错的东西。

我在宿舍里，并没有想起这些，而是想起和我初恋的种种古怪。北大静园，我和她讲完故事之后，我马上意识到我犯了一个错误。一个人一生，能在脑子里长期存在的美感不会多于两个，我挑破了其中一个。我剁了玫瑰包了馅饼，我扯了彩虹系了裤头。辛夷和厚朴都见过我的初恋，他们从各自的角度阐明了同一个原则。辛夷说我初恋是带着仙气儿的人物，人间少有，应该尽量回避，防止怀璧其罪。如果好奇心实在太重，就要使劲相处，柴米油盐，出恭上床，带着仙气儿人物被睡多了，仙气就会渐渐消散，人就会归于平凡。厚朴说，仿佛脸上长了个包，晶亮熟糯，肿胀难忍，最明智的办法是不理它，水流云在，灰飞烟灭，包会干瘪枯黄脱落，不再肿胀，不复被记得，不会破相。如果手实在痒痒，一定要挤，就挤干净了它，把脓都挤出来，挤到出血。

之后的一个暑假，她的父母早上八点上班，我骑车穿过半个北京城，把车胡乱停在她家楼下，八点十五出现在她面前。然后我们在老柴的《悲怆》声中持手相看一整天。她的父母下午五点下班，我在四点五十离开，她陪我下楼，替我掸掸自行车座子上的土，雨天的时候替我罩上一个聚丙烯的塑料袋保证我的屁股不被积在车座里的雨水浸湿，然后目送我消失在灰蒙蒙的城市里。如此一个假期。那个假期很热，好多老头老太太都热死了。她习惯性穿得不多，透过白色的短衬衫，可以清楚地看见她内衣上的纹理。距离我们持手相看的沙发两尺远就是一张巨大的苏式木床，床框上漆着十四个红漆黑体大字"大海航行靠舵手，万物生长靠太阳"，呈半弧形排列，因为时代久远，字迹已有些斑驳。大床上面铺了湖蓝色的床单，上面印了鸳鸯，我站在床头，感觉水波荡漾，望不到湖的对岸。我的初恋告诉我，那张大床是她父母单位同这套房子一块儿发给她家的，傻大黑粗，有年头了。可是一夏天，我没有动一点邪念。她的身体在我的手掌下起伏动荡，曲折延展，仿佛一张欲望的网。我的心，月明星稀，水波不兴。我们拥抱着，时间像果冻一样在我们周围凝固，黏稠、透明而富有弹性，我们是如此遥远，彼此抱着的仿佛是一个幻象。在幻象之前，男人永远不能脱下裤子，永远不能。

我自己至今不能相信，我曾经那么纯洁。

我想，之后的一段日子里，我们一定都怀疑过彼此是否存在生理缺陷或是心理障碍。但是，事过多年我隐约感到，那时我们持手相看的其实是我们自己，我们这种对自己的眷恋、溺爱在之后很长时间内给自己以及专好我们这口的善良的人们造成了无尽的麻烦。世界的构成也应该像物质的构成一样，可以进行逐级的解析。我感觉，我和我的初恋像是隔着厚重玻璃屏障的两个世界，可以互相眺望，但是无法进入。如果换一种姿势或许更适合我们的交流，不是持手相看，而是脚板对脚板，或者口唇对口唇。各种禀赋异常的人物和各种宗教在很长的时间里都曾经秘而不宣地进行过各种严格的试验，研究天、地、人、神、空间、时间之间交流的终极形式，结论是没有通用的规则。

我待在无人的宿舍，在老柴的《悲怆》声中点燃第三支希尔顿香烟，她送我的这盘磁带是进口货，尽管是金属带，我已经快把它听烂了，我决定我将来的婚礼和葬礼都用《悲怆》作为背景音乐。父母如果不干，我就说不用《悲怆》我就不行房，即使行房也会不举；不用《悲怆》就不瞑目，哪个子孙违背我的遗愿，我就在地下咒他们爱上一个像我或是我的初恋一样的人，一辈子怕上西楼、怕听啼鹃。

"又对月伤心呢？"辛夷进来，一手一把烤羊肉串，一手一瓶燕京啤酒，一身羊屁股味。

"想你呢。"

"教你一个不烦的办法吧？"

我没理他，我知道他会自问自答的，直到他吃完手里那把羊肉串。

"多喝水，多多喝水。"辛夷开了一瓶啤酒，一嘴把一整串的羊肉扫进嘴里。

"多喝水，饮食有节，起居有度，百分之九十的生理疾病都会好的。一周保证夫妻生活三次，百分之九十的心理疾病都会好的。不新鲜，我懂。"

"下边你就没听过了。多多喝水，三天不许撒尿，什么烦恼都忘了。三天之后，上一趟厕所，抖一抖，好愉快呀。幸福是多么容易获得呀。"

"以后我每回小便都先看你一眼，让你知道什么是满怀尿意。"

春雨不断。缠绵如愁。

我坐在人体解剖室外的汉白玉台阶上，院子里连翘嫩黄，玉兰润白。

这所医学院年代久远，声名显赫。一部校史便是大半部中国的现代医学史。我坐的台阶下，一块石牌，铭文清晰：民国七年建。

它的原址是个王府。院子四合中矩，三面房，一面门，中间是内圆外方的青砖院子。三面的房子青琉璃铺顶，飞檐吊角，飞檐上小兽狰狞，仙人清秀。

我从怀里掏出一小瓶金酒，呷一口，松枝的清香。我想，李商隐的"留得枯荷听雨声"和戴望舒的《雨巷》就产生在这种天气、这种地方。这种时候，容易产生性幻觉，想象一个长发长裙的姑娘就坐在距离自己半尺外的台阶上，一句话也不说，眼睛雾蒙蒙地看着远处，远处什么也没有。她就这样陪着你，帮你化解那些表达不出来的思想，偶尔叹一口气，这样就好。

喝的酒是洋货，标签上全是外文。酒是哥哥给的。哥哥是干旅游的，专门从事坑害外国友人和港澳台胞的勾当。他常住酒店，我用的香波、浴液、牙膏、牙刷、浴巾、鞋刷分别来自不同的星级酒店。幸好我不是女生，否则一定会被同屋认为勤工俭学，常常被恩客包房，而且那个大款多半是个黑道人物，打一枪换一个地方，雁不留痕。

哥哥在酒店结账，服务员只查看房间里的彩电和大件家具是否还在，对他非常客气。酒店经理嘱咐过他们，酒店不景气，就哥哥这样的人手里有客源，尤其不要和哥哥计较，他是农民。

哥哥本来学的是英文，第一次接团是两个美国人，一对老夫妇，都是教师。哥哥带团前可兴奋了，说这回终于有机会可以练英文了，说将来一定要把英文练得好好的，说出英文来像放屁一样声音响亮、心情舒畅，说他练出来之后再教我，我将来就能泡洋姑娘了。

事情的结果是，那一对老夫妇投诉了哥哥，说他的英文实在听不懂。哥哥没练成英文，那两个美国人却被迫学会了好些中文，其中一个词是"我×"，哥哥告诉他们，那个词的意思和发音同"what's up"基本一样。

自那之后，哥哥再也没带过英文团，遇上英文团，能推就推，实在推不过，就对领导说，带砸了别怪他，然后就逼我逃课替他带团，说我也不小了，说穷人的孩子应该早当家，给我一个挣酒钱的绝好机会。哥哥还会把他那个随身听大小的呼机给我，说联系方便。九十年代初，呼机绝对是个新鲜东西，我挎在腰里，盒子枪似的，又怕别人看见更怕别人看不见，别别扭扭的，可神气了。

哥哥们有过辉煌的时期。那是在八十年代中后期，那时候仿佛只有搞旅游的才见得着洋钱，能去酒店站前台的小姐仿佛入围亚洲小姐大选的佳丽，只要再推开一扇门，一条钻石铺的路就在眼前。哥哥们倒卖外汇、电器指标，"踩刹车"，吃回扣，拉皮条，除了杀人越货之外，无恶不作。我那时候跟着他们过过一段挥金如土的日子，在饭店听歌星唱歌，吃两千元一桌的馆子。后来群众觉醒过来，都开始想办法挣钱，哥哥们的优越感就像被扎了个小眼的气球，很快瘪了下来。

雨还在下，我又喝了一口酒，把瓶子干了。我一伸手，把空瓶子放到雨里，看有几丝雨飘进。我身旁那个并不存在的长发姑娘不解地看了我一眼。

"看你有几滴泪是为我落的。"我解释。

春雨不断，轻细缠绵。

我刚刚在解剖室里最后复习了一下尸体，过了一遍最主要的结构。脚下的地板上人油腻滑，满屋子的防腐剂气味让我恶心。我知道在这种苦雨不断的天气里，鬼与鬼习惯在这样的环境里交流情感。白先生说解剖室走廊两边的标本柜里盛放的各种器官属于不同历史时期的各种名人，名伶、巨贾、大盗、佞臣。抗日战争中的某一天，著名的北京人头盖骨听说也是从这里神秘消失的。那些器官浸泡在福尔马林液里，面无表情，透过玻璃瓶，显得苍白而且苍老，似乎全然不记得它们的来生今世。人嘛，一样的开始与结束。

我需要暂时离开这里。我的姐姐想让我去见一个人。

我在家里的地位举足轻重。我从小过着幸福的日子，有哥哥替我打架，给我零花钱；姐姐替我洗衣服，告诉我哪个女孩值得一追。虽然我好吃懒做，不能谈笑生死，但是我生下来就皱眉头、半岁会说话、一岁跟老大爷学骂街、两岁跟电台学说书"陆文龙骑一匹蓝色战马"，哥哥姐姐认为我集中了家中的智慧。姐姐大学毕业后找了个工作，上班要坐一个半小时的公共汽车，因为不能忍受公共汽车的拥挤和售票员的凌辱，骑自行车又险些出了车祸，一气之下在四年前去美国寻找真理。曾经得过北京市少年铅球冠军的姐姐在外国人眼里是东方美女，异域的爱情像路边的野草一样生生不息。但是，姐姐相信我的智慧，每在发展一段关系之前，总要让我把关，运用我的智慧，掂掂洋兄弟们的斤两。

这些人大多傻而可爱。五百年前哥伦布傻呵呵地把美洲认成印度，还竟然把当地的土人骗得兴高采烈。那时候的土人是多么土呀！郑和公公要是到了那里，会有一种什么样的感觉呢？是不是仿佛开一辆三十吨的坦克穿过时空通道，面对王颢的六十万秦兵？

"他不一样。"姐姐每回都会这么说，尽管每回不一样的地方都不一样，"人很聪明，会打桥牌，会作现代诗，是个才子。"

"去见他有什么借口？"我问。

"我托他给你带了点东西，一件斯坦福大学的短袖衫，一本菲利普·罗斯（Philip Roth）的小说。你去饭店找他，也给他带点东西。"姐姐在电话那头说。

"什么小说？"我对小说比对那个不知名的美国土鳖感兴趣多了。

"我也记不住，你看见就知道了，反正是你书单上列的。"姐姐很疼我，我考上那所著名的医学院，姐姐提议资助我在上学期间周游中国。我说还是替我付书账吧，就列了一份四页的书单，让她买我想看的英文小说。

"好吧，我给他去王府井东华门的'浦五房'买点早点吧，草莓饼好不好？死沉死沉的，肯定经饱。"

"行。但是你去前要先打电话，定时间，问清路怎么走，提前点出来，算上堵车时间。"

"行了，省点长途电话钱吧。我又不是第一次了。之后我写鉴定报告寄给你。"

第五章
女友

我有一个女朋友，她端庄而美丽。我来到自习室，坐到她身边的位子上。我平时就坐在这个位子上和她一起上自习。

"晚上我出去一下。"我对她说。

"出去干什么？要考试了。"

"有点事。"

"什么事？"

"去见一个人。"

"什么人？"

"一个男人。"

"还有别的人同去吗？比如你过去的女同学？那个男人有没有仰慕你多年的女友？"

"只是一个男人。一个生理和心理上应该都比较正常的男人。他不应该有四条眉毛，因为他不是陆小凤。他也不应该是李莲英，因为他是姐姐的一个朋友，从美国来。姐姐托他给我带了些东西，她也希望我能有机会和国际友人多接触接触，练练口语。练英文总不是坏事吧？"

"不用我陪你去吧？"

"不用。"

"你总是不用。"

"今晚不用。后天就考试了，你多背背书吧。不是刚开始背第三遍吗？你背熟了，我才能抄你的呀。"

"好。"

我的女朋友是我见过的最健康的人。她饭前便后洗手，饭后便前刷牙。她每天早起，小便后喝一杯白开水。她天天从东单三条开始，绕金鱼胡同跑一圈。她为了增加修养阅读名著。看着她以一天十页的速度研读《钢铁是怎样炼成的》，我常常感觉阴风阵阵，不寒而栗，甚至担心，她念完最后一页的时候天地间会有异象出现，仿佛数千年前干将莫邪雌雄双剑被一个名叫徐夫人的男人炼成之时。

对于我和她的恋爱经过，我只有模糊的记忆。她说她记得很清楚，我们第一次约会我穿了一双拖鞋，那种大拇指和其他四趾分开，中间夹住一个塑料小柱子的拖鞋，从一开始就对她缺乏起码的尊重。我说我一开始就没有把她当外人，我说我在夏天总穿拖鞋上街，凉快，而且上床方便，天热我爱犯困。但是那天，我特地换上了我新买的水洗布裤子，未经哥哥允许，借了他的鳄鱼短衫，我们俩身材差不多。临出门前我还找了一支日本进口的水笔插在鳄鱼短衫的口袋里。

特别值得一提的是，我在公园门口等她的时候，尽管一边暗骂自己土鳖，我的心跳仍然很剧烈。而且我当时还是童男子。我的女友有保留地接受了我的解释，尽量掩饰欣喜，幽幽地对我说，我是另类天才，心随时都准备着跳得很强烈，而且永远是童男子。如果我三十五岁上阳痿，叫我不要怨天怨地，满大街找电线杆子，那只能说明天理昭昭。

我是异族，我身上有纯正的匈奴血统，所以我有一双姣好的脚，两个小脚趾指甲盖都是完整的。这在现在很少见，我很想显摆一下。其实我喜欢那种笑傲街头、无所顾忌的感觉，穿了拖鞋在街上走，懒洋洋地看街上的姑娘，仿佛整个北京都是咱家似的，没什么外人。我曾经穿着裤头，趿拉着拖鞋进过"明珠海鲜"。"明珠海鲜"门口的小姐长腿大奶，一身水葱绿的旗袍，气儿开到了腋窝，她对我说，这儿可贵。我一笑说，我们刚刚捡了一个大钱包。点菜的时候，我说要吃拍黄瓜，多加大蒜。服务小姐也是一身水葱绿的旗袍，气儿也开到了腋窝，她斜眼瞥见我脚上的拖鞋，一脸不屑，告诉我，他们从来不做拍黄瓜。我从钱包里点了几张票子，平静地告诉她，让她到门口喊，"我五百块钱买一盘拍黄瓜"，拍黄瓜马上会从大街上长出来。

我是过了很久才意识到穿拖鞋上街是不合适的，北京其实也不是咱家，穿拖鞋可以，但是要分场合，就像小时候穿开裆裤，是可爱，大了再穿，就是露阴癖，姑娘们看见了是要喊抓流氓的。多年以后我到了纽约，看见哈林区的黑人兄弟露了胸脯、腆着肚皮在街上或坐或卧，其他人众，车不敢减速、人不敢探头，贼似的鼠窜而过。我当时忽然想起了自己在北京穿拖鞋逛街的日子，对哈林区的黑人兄弟由衷地艳羡起来，真想下车跟他们一起抽根烟，告诉他们，我也曾如他们一般逍遥过。

在我年轻的时候，对于异性充满美好幻想而不具有任何抵抗能力。我的女友和我每次见面之后都留给我一个必须再次见到她的理由，我们的关系发展得自然顺畅。我曾经尝试回忆那些理由，觉得下次追别的姑娘没准会用上，或者至少可以保留下来，将来教育自己的女儿，但是发现已经忘得一干二净，仿佛对于初中平面几何题中那些辅助线的添法。现在回想起来，自己就像那本《钢铁是怎样炼成的》，在阵阵的阴风中被一页页读完。她合上书，嫣然一笑。我一丝不挂，傻子似的站在那里，已经被结束。

之后的日子，我的女友对我的过去表现出极大的兴趣。她以女生的细心和近乎专业的心理分析技巧帮助我完成了全部生理、心理过程的编年。我隐约记得有个女科学家在西非研究大猩猩，很出名，不知道她的试验记录里有没有大猩猩的第一次初吻、初夜等生理、心理过程，她有没有比较过，和她老公的一样不一样，大猩猩遗精的时候梦见的是那只后部最圆满的雌猩猩还是她。

我的女友替我记忆我所有老情人的姓名、生日、喜好和联系电话。在每天晚间漫长的自习过程中，当每一个小时需要休息一下眼睛、保护视力的时候，她常常挽着我的胳膊漫步于昔日王府的花园中，随机选择一个老情人的名字，让我再讲述一遍和她的悲欢离合，然后启发我运用我特有的阴损刻薄将那个女孩形容成貌如东施、心如吕后。

　　我总是记不清楚我是如何同我的初恋分手的。

　　"你是不愿回忆。"

　　"我真记不起来了。"

　　"你还爱她。"

　　"我还爱她，我当时就会死缠烂打的。"

　　"死缠烂打不是你的性格。什么藕断丝连、死灰复燃才是你的路数。"

　　我的初恋大学毕业后分配了个好差事，站在改革开放的风口浪尖上，她也常常襟怀广阔，渴望知道天高地厚的样子。我还要念我没完没了的学，吃食堂的肉片大椒土豆。可能是有气质吧，她刚到单位就被分配去主要负责请客喝酒了。两个月后公司慈善捐款，她就成了扛着巨大伪造支票（上面画着一个"1"和数不清的"0"）在电视台的摄影机前走来走去表现公司形象的两个姑娘之一。似乎记得她下班后，我去找她，推了自行车和她在便道上走，旁边有一辆大奔跟着我们。里面一个四四方方、意气风发的男人放下车窗，吊着眼不怀好意地看着我们。

"你认识他？"我问。

"我们最年轻的处长。我替他挡过酒，救过他几回。"

"挺气派的，这么大一辆车。"

"人也不错。上次喝多了，他说之所以买这辆车，是觉得它的后面特别性感。"

"一眼看上去，就有想强暴它的感觉？"

"他没太多文化。"

"他插在什么地方呢？排气孔？拿什么插呢？大奔会有感觉吗？"

"你是书读太多了。"

"黄书刘备。"

总之她后来坐进了那辆大奔，我也不必推自行车陪她走了。最后一回，她显得伤感、冷静而又兴奋，好像我姐姐上飞机去美国之前面对家人似的。我问处长有没有狐臭，她说不知道，但是她只会坐在车子的后座，她喜欢坐后座。我心里知道，她坐习惯大奔后，会想起我的自行车后座，会想起如何搂住我的腰，把手放在我的第十二、十一肋骨上。哥哥讲过，多数人在夜晚只看见了车灯，不记得脑后还有月亮。不少人都说哥哥有时说一些莫名其妙的话，其实禅意盎然。有些人生而知之，不念书却充满世俗智慧，哥哥就是其中之一。这些人在文献中间或有记载，比如《五灯会元》中的庞居士。

"最后亲我一下好吗？"我说。

"不。"

"为什么不？我吃了口香糖，薄荷的，才吐出去。"

"一下之后会有第二下，亲了之后会想抱你，现在做了，会明天也想要。"她说话的神情淡远，回手掸了掸我的车座，然后转身走了。我骑上自行车，在最近的一个公用电话停下，给了看电话的大妈五毛钱。我想马上给我的初恋打个电话，但是不知道说什么，所以决定打给另外一个人。是我的现在的女友接的电话，周末，她在家。

"晚上有空吗？"我问。

"有啊。"

"能出来吗？"

"能啊。干吗？"

"想不想抱我？"我问。

我放下电话，大妈不想找我钱，使劲问我想不想称称体重。我说我实在不想知道自己的斤两，找我三毛钱。我想马上抱一个姑娘，否则晚上起夜，我会念叨我初恋的名字，她离得再远也会听见，会下意识地回头看见月亮。

在我讲述我的老情人的过程中，我的女友一直挎着我的胳膊，我清楚地听见自己"嗒嗒"的脚步声，在花园深处，光线湮灭的角落，鬼与鬼在缓慢地交谈他们认为有趣的事情。

第二天阳光晃眼的时候，我偶尔从院子里经过，看见飞檐上的小兽狰狞，仙人清秀，连翘嫩黄，玉兰润白。

"我只有很好地了解你，才能很好地爱你。"我女友说。

她甚至让我更了解自己。她告诉我，我的邪气很盛，我的眼睛柔情似水，一百个人里，会一眼看到我。四五个人中，我会混同猪狗。一男一女谈话，我独步天下。所以，她绝不给我这种谈话机会。将来我要是对她始乱终弃，她在阉割我之前会先干掉我的舌头，仿佛女巫放小人鱼见王子之前，把她变哑不能歌唱。

我女友认为，面目清秀的男孩，多少会有一两个故事，而我是一本未删节版《十日谈》。记忆中的我时常展现出多重人格。有时是翩翩公子，鲜衣怒马，年少多金，开一辆残疾人三轮过几趟街，三轮上便满是女孩丢进来的发带或手帕。有时候又是乡间恶少，绸衫纸扇，一脸横肉，欺男霸女，从村头十四岁的尼姑一直惦记到村尾四十如虎的寡妇。

"你是无辜的。"厚朴常常宽慰我，好像他坚信我是好人。

"今晚我要出去一下。"我告诉厚朴。

第六章
柳青

　　我第一眼看见她的时候，有一种不祥的预感，我们之间一定会有某种事情发生。后来我知道，她叫柳青。

　　我坐在中国大饭店的大堂里，等那个外国人的到来。

　　临出学校的时候，我和那个外国人通了一个电话，他告诉我他住香格里拉，七点钟会在房间里等我。的车快到紫竹院的时候，我猛然想起他给我的电话号码，才意识到自己犯了一个常识性的错误。电话号码指示他住的饭店在朝阳区，他所说的香格里拉不是常说的紫竹院以西的香格里拉饭店，而是由香格里拉集团管理的中国大饭店。的车掉头奔大北窑，一路堵车，到中国大饭店的时候，已经七点半了，那个外国人不在房间里。我急着要看小说，而且要对姐姐负责，再说我也不想把死沉的草莓糕带回去，我决定在大堂等。

　　中国大饭店的大堂和别的五星级酒店的大堂没什么两样：门口北洋提督打扮的门卫，拿破仑时期法国士兵装束的行李员，大堂里金光闪闪需二人合抱的柱子，走来走去、旗袍开得老高的服务小姐，英俊而呆傻的保安，牛×闪闪、一脸假笑的大堂经理。

大堂里供客人休息的地方分两部分，中间用隔断和绿色植物巧妙而清晰地隔开。一部分红地毯铺地，小圆桌上细颈花瓶，斜插一枝半开的新鲜玫瑰。旁边一块空地，一架乳白色钢琴，琴前小姐一袭白衣，一肩黑发，尽心尽责地乒乒乓乓弹着什么。身材高挑的服务生穿梭走动，摇曳生风，你坐在矮矮的圆沙发里，可以不经意地瞥见旗袍前后两片有节奏地开合。

这部分是有最低消费的，也就是说你必须愿意花三十元喝一杯品质不逊的自来水饮料。喝半口之后，身材高挑的服务生摇曳生风，称你一声"先生"，问你要不要再添点什么，看你到底傻到何种程度。

我坐在另外一部分，等那个外国人。这部分鼠青色地毯，鼠灰色座椅，茶几上只有塑料烟缸，一位身穿鼠蓝色制服的老年妇女间或来换烟缸，不是出于尽心，而是怕随手扔下的烟头伤了地毯，时刻提醒一下烟缸的存在。

一个女人坐在离我不远的一张椅子上，仿佛也在等人。我们习惯把女人叫作女孩，这个女人却怎么说也不是女孩了。

我对一些神秘过程充满敬畏，比如人的感知。好些本书，都挺有名的，看了、忘了，没有任何感觉，仿佛每天的三餐，吃了、拉了，身体似乎毫无变化。但是间或一两行云飞雪落的字句会让我魂飞魄散，就像半杯牛奶就会让我的肚子翻江倒海，我天生缺乏乳酸脱氢酶。

比如"二十四桥明月夜，玉人何处教吹箫"，如今是一样的月夜，身上还是那件她靠过的衣服，上面还有一颗扣子是她缝上的，几年前的那天，她是怎样笑的？怎样一种甜美？她吹箫的时候，头发是怎样向两边仔细分开，露出清晰的发际？她低头的时候，迂回过衣领，我看见的是不是半抹乳房的痕迹？不能想下去了，千年前的字句，如今还是看得心里胀胀的。我从我的初恋那里最后一次骑车出来之后，就再也不敢听那首《红蜻蜓》，"晚霞中的红蜻蜓，请你告诉我，童年时代遇到你，那是哪一天"，怕自己听了之后，想打电话，问问她，知道不知道答案。

那个女人就简简单单地坐在离我不远的椅子上，却不容分辩地让我心神不宁，我觉得莫名其妙，继而惶恐起来。我用尽全身力气，装作色眯眯地盯着远处摇曳的旗袍们。但是那个女人还在我眼睛的余光里，简单而固执得像一个阴谋，我似乎知道为什么说有些人是危险的了。她穿了一套蟹青色的套装，白衬衫，紫藤图案镶领边，泪滴形的紫晶耳坠，意象中似乎明成化年间的青花瓷器。头发齐肩，眉眼清楚，说不上哪点特别好看。脸仔细做过，细节经得起推敲，粗扫过去又没有什么刀笔痕迹。我对衣服料子、女人弄头发或是做脸的汤汤水水瓶瓶罐罐、刀枪剑戟斧钺钩叉一无所知，总感觉那是些艰涩隐奥的学问，比有机化学、结构化学等难多了。但是我知道这种经意的不经意，最见功夫，最耗物力。姐姐总说，除了一张恶嘴之外，我还有一双很毒的眼睛，知道好坏。她出国以前，酷喜逛街，"衣食住行，行头最重要"。她的新旧情人都不方便的时候，她会强拉上我，我眼睛随便扫上去觉得不错的东西，都会让她的小胖钱包瘪成小老太太卸了假牙的嘴。"看来还得出国，挣些洋钱。"姐姐感叹。

那个女人不紧不慢地抽着一支烟。有些女人偶尔抽烟或讲一两个脏字，带一点风尘气，能让人莫名地兴奋，所以男的会间或怂恿她们，仿佛用筷子蘸了白酒，点小孩子的嘴。打扫卫生的大妈肯定没有这种低级趣味，大妈换过烟缸，在吸烟女人看不到的时候，露出很厌恶的表情。老人们似乎都认为，男人抽烟，是要保持头脑清醒，写论文，写报告，考虑国家大事之类；而女人抽烟，不是在想招男人便是在想念老相好。

那个女人忽然把手里的半支烟捻灭，起身向我坐的方向走过来。

"这儿有人坐吗？"她一指我身边的椅子，问我，语气平静，声音挺好听的，像是呼机台某些训练有素的小姐。

"没有。"我说。

"我能坐一会儿吗？"

"当然。"反正我在等人，没有别的事情做。

她简简单单地坐下，我平静一些，闻到她淡淡的香气。这是最近的时尚。喷上以后，自己闻得到，离自己近的人闻得到，别人就闻不到了。不像以前，香气袭人，当头棒喝，迎风七里。以前的那种工艺，改做卫生间清新剂了。

　　"不好意思。我在等人。你知道，在这种地方，如果一个不太老的女人单独坐着，长时间无所事事，别人难免会对你有那种看法。"她说话时，有种少见的亲切，我忽然感觉很放松，觉得我们是一伙的。

　　"而且还时常左顾右盼，叼根烟卷啥的。"我放松之后，话就会多起来。

　　"职业妇女。"她又点上支烟。

　　"很职业。"

　　"个别人这么想，那样看我一两眼也就算了。"我脸好像红了一下，好在我黑，不显。她接着说："打扫卫生的老太太也那样看我好几眼。我才抽了半支烟，她来换了五次烟缸，真让人受不了。"

　　"也该理解一下大妈的心情。可能不是为了生计，大妈现在还是街道居委会副主任哪。牵着孙子，戴着红箍，虎踞一方。那种大妈看见你，不只是多看你几眼就完了，会逼你控诉苦难身世，劝你早早回头，不然不进公安局也得进医院。你表现得听话一点，大妈没准还会给你介绍个在街道企业的工作，或者一个跟家里人过了大半辈子的老实小伙子。"我有时候，对有些人，话会突然很多。别问我为什么。我不知道。但是总体来说，我是个既羞涩又笨拙的人，常常不知道手脚如何摆放。

"所以和你坐一块儿，好像你是我的同事，我们一起在等人，让别人少些乱想法。"

"别人不会认为我们是合在一起操那种职业的？我扮演穿针引线的角色。"

"别开玩笑了。你看上去，很纯的。"她笑了。我在学校里（我好像一生下来就噘着嘴在上学了，至少记忆中是这样的），从小到大，都被那些正义感比较强的老师同学看成是罪恶源泉或是邪恶势力之一。这是我第一次听人说我纯。我摸了一下下巴，可能是刚洗过澡，刮过胡子的缘故吧。姐姐总讲，我洗澡前后判若两人，从一个黑脸坏孩子变成一个脸还不太黑的坏孩子。以后去见欣赏小白脸的姑娘之前，一定要洗澡。

"打扫卫生的大妈可能不仅认为你是操不良职业者，而且还是一代名花。"我不想和别人讨论我是否纯洁，就换了个话题。

"没坐在收费区，说明付不起三十元的最低消费。老半天没人搭理，自己抽闷烟，说明工作能力不强。"她顺着我的眼神看了一眼远处的旗袍们，随即明白了我的意思。在学校里，我常常在中午吃饭的时候开个玩笑，听的人上完晚自习、洗漱完毕、准备睡觉前没准想明白了，跑过来说真有意思或骂我低级趣味或发誓把我打成茄泥。具体什么态度，取决于他是不是被骂的。

"真正的职业妇女是什么打扮？"我有些好奇，偶尔听哥哥们谈及只言片语，不真切。

"不太清楚，一身黑？不太清楚，没有经验，你将来或许能告诉告诉我。我又瞎说了。"她又笑了笑，眼角一些不太容易察觉的皱纹仿佛风过水面，浅浅的水波。

"或许不一定是衣服，而是表情。"我说。这总是一个挺令人兴奋的命题，就像读书读到秦淮、青楼、云雨、交接、那话儿之类，很难犯困。

"你看她一眼，她看你一眼。"

"你又看她一眼，她又看你一眼。"

"然后搞定。"

"但是偶尔也有麻烦。想起个笑话讲给你听。也是一男一女，也是在一家饭店里，也是互相看了对方几眼，两人搞定。到房间里，云雨既毕，男的去冲个澡，女的在外边问：'怎么付钱？'男的在卫生间里说：'好说，你放在桌子上就好了。'"

"原来是同行。"她笑，眼角的水波更深了。

"我等的人好像来了。"我在人群中发现一个状如饭店保安的外国人，我想一定是我等的人。姐姐说他长得高大威猛。

"我得走了。"我冲她笑了笑，起身走了。

第七章

银楼

　　面试完那个外国人，我从饭店出来，站在长安街上等1路公共汽车。好像刚刚下过雨，空气里浮尘尽去。这个时节，路边的花已经开放，而柳絮未起。一年里，这样有月无风的春夜，北京不会多过十个。天气好得让我又想给我的初恋打个电话，但是天已经黑了，街边的电话摊大多上了锁。如果我往永安里那边走走，可能还能找到一两个关门晚的。如果我打到她家去，接电话的多半是她弟弟。她弟弟看见我总是要恶狠狠地盯我一眼，似乎认为我对他的姐姐不怀好意，成天想着和他姐姐上床。我常想找个机会和他平心静气地谈谈，告诉他，他姐姐天生长成这个样子，就是让人不怀好意的，她早晚是要和人上床的，这是自然界的规律，他和我都无法改变。即使没有其他男人和她上床，也轮不上他这个当弟弟的。

　　他不知道要长多大，才能领会到我不是流氓。那个暑假，我在她家的时候，她那个酷爱踢球的弟弟总是守在家里复习功课，每隔十几分钟就进来一次，问他姐姐某个单词的拼写或是某种辅助线的添法。

她要是在家，能接电话还好，要是不在家，我可能要胡想。她一定和那个少壮处长在一起。对于我的初恋，处长应该没有那么多与主题无关的想法。不知道处长和她从持手相看到颠鸾倒凤一共用了多少时间，他不会那么细致，就像猪八戒吃人参果的时候一样。我要是有个大奔，我就把最后一个环节放在大奔里进行。故意让大奔在广场抛锚，然后打起应急灯，开始行动，在警察赶到之前完成。警察敲敲车窗，我按了按按钮，车窗徐徐滑下，我看见警察斜了我的初恋一眼，她的头发凌乱，表情深沉，我平静地对警察说："车抛锚了。"被大奔堵在后面的车狂按喇叭，广场上有人放几百节穿成一串的蜈蚣风筝，刚才在广场上照相留念的人回去会在照片里看到这辆抛了锚的大奔。

我决定还是不打电话了。

我面试的那个外国人为一个著名的基金会工作，就是这个基金会在八十多年前创建了我就读的那所医学院。他热爱收集蝴蝶标本和电影海报，他的工作性质使他不得不东奔西跑。他抱怨他的生物频谱长期紊乱，一年没有几天有很好的心情。他说原来不是这样，他有很好的习惯，每天喝两升矿泉水、跑五英里、吃十盎司胡萝卜，他的生物频谱精确而稳定，呈周期涨落。他每二十八天，体会一个生理和心理的高潮，做事顺手，做爱顺心；每二十八天，体会一个生理和心理的低潮，见鸡烦鸡，见狗烦狗。而且，他和一个女人谈朋友之后，他的周期会和那个女人渐渐一致。我心里暗暗寻思，这个家伙暗合阴阳调和之道，不一般，有慧根。如果他能将他和他女友的周期不自觉中调到与月亮的盈缺相符，他或许能练成周天大法。他又说我的错误非常常见，有一次他在瑞士，两个同名的城市让他像土鳖似的在雪夜里多跑了五百英里。他讲他信奉上帝，上帝造出像我姐姐这样精妙的人物，使他和魔鬼有了本质的区别。但是我姐姐有时候又充满魔力，他怀疑上帝和魔鬼或许有某种隐秘的联系。

"克服时差、保持好心情的最好办法就是每到一个地方，饱吃一顿，多喝水，倒头便睡，不近女色。你患的是喷气机综合征。"不近女色一条是我为姐姐加的。

他问我为什么要看菲利普·罗斯这种很病态人的书，我没好意思告诉他，美国人不认为病态的人，按北京的标准，多数属于傻×。我临走的时候，他一再谢我，夸我送的草莓糕盒子漂亮。我说千万别客气。

一辆小欧宝在我身边戛然停下，车窗滑落，那个刚才在饭店见过的女人斜着身子，探出头。"巧啊，上车吧，我带你一段吧。"她说。

我说："好。"

车里，她的香气似乎浓些，但是光线暗暗的，看不清楚人。我问她用的什么牌子的香水，她说是CD的"沙丘"，我说《沙丘》二代是我最喜欢的电子游戏。

那个游戏堪称经典，才7MB大小，二十七关，情节紧凑，美工精美，游戏人自由度很大，开创战棋类游戏的先河。有一阵子，我和一个已经结婚了的大师兄整夜打这个游戏，歇人不歇机器。后来师兄的老婆和他闹离婚，其中最重要的一条不满就是说他夜不归宿。

她的车开得不快，长安街上，还是有些堵车。我有一搭无一搭地和她聊天。

"你还在念书？"她问。

"学医。"

"东单那个有名的医学院？"

"对。所以你把我扔在东单路口就好了。不要进东单里面了，太堵。"

"我将来有毛病，能不能找你？"看来她像做生意的，搭线挺快。

"行啊，不过别先咒自己。还是多挣些钱，少得点病好。"

"这些都是说不准的事情。"

"我到了，多谢。对了，你叫什么？"

"柳青。你叫什么？"

"秋水，秋天的秋，白开水的水。"

车在路边停下，我推开车门，她很随意地把我夹克衫的拉锁往上提了提:"晚上凉了,自己慢点。"我点了点头。

东单路口的红灯变绿,柳青的那辆欧宝消失在车流中,仿佛一块投进湖中的石子,无意中瞥给什么人的一个眼神,或许永远不会再想起。

第八章

银街

我看看表，才九点，我不想这么早回去。我想我的女友肯定还在自习室念书。班上所有女生可能都在自习室念书。

我们没有自己的宿舍楼，寄宿在基础医学研究所的大楼里。女生住五楼，男生住六楼，七楼是自习室，地下室是食堂，每层都有厕所。简单地说，如果你愿意，你可以成年累月待在大楼里。其实不少人就是这样做的。食堂四点半开晚饭，五点钟吃完，五点出头，就有人陆续上七楼念书。因为距离宿舍近，好些人连书包也不拿，一手抱三四本死厚的课本，一手拎喝水杯子和暖壶。好些女生从下午五点一直念到夜里两点，然后一手抱三四本死厚的课本，一手拎喝水杯子和暖壶，下楼睡觉。中间厕所都很少上。校医小王大夫曾经很神秘地告诉我，我们班上有很多女生月经不调。我很神秘地告诉她，我们班上很多男生得了痔疮，比如我。其实，如果你愿意，你死了以后也可以待在这个大楼里。有病的器官可以放到病理室的玻璃瓶子里，正常组织可以在组胚室切成薄片后染色，白细胞可以提取DNA在生化室跑电泳，如果魂魄不散，可以在楼道里随风飘荡。

我不想这么早回去。我在东单街头闲逛，走上东单路口的过街天桥。天桥上有个要饭的，长得很白净，穿了一件破棉袄，坐在地上。他面前摆了一个白色的搪瓷缸子，上面隐约一行红字，缸子里零零散散的一些硬币和毛票。要饭的瞧见我无所事事的样子，恶狠狠地瞪了我一眼，以为我不是要抢他的生意就是要找他的麻烦。我把本来准备买公共汽车票的零钱扔到搪瓷缸子里，表明我的立场并且和他划清界限。这个要饭的我以前见过，我记得他的搪瓷杯子，实际上他天天在这里。上回见他，我也扔了钱，还给了他一个建议，他似乎不记得我了，他记性显然没我好，所以我要去考人体解剖。我上次告诉他，他的缸子太新了，这回看，缸子已经被摔掉了几块搪瓷，里里外外也显得黑乎乎的，他显然做了旧。哥哥告诉我，行乞也是一种职业和生活方式，像刺客和妓女一样古老。他带旅行团去桂林，每回在象鼻山下都遇见同一帮要钱的人。两人岁数都不大，男的吞宝剑，女的吃铁球，唾沫哩哩啦啦流了一地。十年之后，这两个人还在，但是多了两个小孩，男的还是吞宝剑，女的还是吃铁球，唾沫还是哩哩啦啦流了一地。

东单更常见中年妇女带一个小孩驰骋街头，而且带的孩子以女孩居多。中年妇女把小孩牵在手里，小孩两眼放光，像站在老猎人肩头的猎鹰。有合适的目标，小孩冲上去，先揪裤子再抱腿，钱给少了不放手。有时候，两三拨人合作，我见过他们中午一起吃饭。这样身手灵活的小孩前封后堵，多数目标是跑不掉的。这些孩子最理解爱情，利润最高的目标是成对的青年男女。男的被抱住大腿，女友香香地站在旁边看着，很少有不掏钱的。有一回，黄芪和他胸大无脑的女友在东单街上行走，黄芪躲闪不及被抱住大腿，他顺势蹲下，他的脑袋和小女孩站着一样高。

"小朋友，你多大年纪了？"黄芪细声细气地问。

要钱的小孩看怪物似的盯着他。

"小朋友，你家在什么地方？"黄芪接着问。

要钱的小孩还是看怪物似的盯着他。

"小朋友，我带你读书去吧。就在那边的那栋黄楼，七楼，你可以从晚上五点一直念到夜里两点。没人管你。我有好些书可以给你念。"黄芪拉了小女孩的手就走。

要钱的小孩突然喊了一声："妈呀。"挣开黄芪的手，落荒而逃。

从那以后，黄芪的女友认定黄芪是一个充满爱心的人，两个人的关系突飞猛进，原来手拉手，如今女孩走路总把半个人焊在黄芪身上。黄芪长得瘦小尖薄，两人在街上走，黄芪就像扛了半口袋粮食似的，让人想起动画片里偷公粮的老鼠。从那以后，黄芪还添了一个习惯，在东单附近，见了电线杆子上贴的老军医广告，他就设法扒下来，撕得动的就撕，实在难弄的就回宿舍取刷子刷。黄芪说讨钱的小女孩看见了不好，影响她们的成长。我们都奇怪，他怎么想起来的。

"有一次娟儿问我，什么叫早泄。我问她怎么想起问这个，她说路边的电线杆上贴的。娟儿的眼睛可好使了。我说就是泄得太早，她非问什么泄得太早，是不是拉肚子。你们别笑，她是真不懂。第一次来月经，从来没有流过这么多血，以为自己要死了，把平时攒的三块多钱都买话梅吃了，吃完酸得话都说不出来了，一个人躺在床上等死。不许笑，你们无耻，不能否认有些人，绝大多数人是纯洁的。我就跟她实话实说了。她接着问，多早算早，我说我还没学到，我想我的表现可以算标准，比我早些的就是早泄了。她说，那得多早呀，这病是大病，可得治。你们又坏笑！我想过了，我以后不带娟儿和你们玩，再好的人也会被你们带坏的！她又问我病因，怎么治，其他的病是什么意思，阳痿啦、遗精啦、淋病啦……我看我要是不截住，讲下去，她会有心按照广告上的地址去一趟。我说我还没学到，将来一定好好学，然后从头到尾仔细讲给她听。本来嘛，我们刚上人体解剖。之后，我想，那些要饭的小女孩应该比娟儿更好奇，她们月经还没来过哪。如果不识字倒也好了，如果认识的几个字都是从电线杆子上的广告上学来的，那可不好。"

黄芪一天晚上回来，说又看见那个要钱的小女孩了，在和平饭店迪厅的门口缠一个外国人。小孩毕竟还小，走眼了，虽然那个外国人带着一个女的，但是那个不是他女友。黄芪说开始觉得挺羞愧的，宁可小女孩来缠他，他可以给她钱，带她读书。后来忽然听见女孩开口了："Please give me some money. I am so hungry."（求求你给我点钱，我好饿。）

"英文真好，发音比我强多了，和你有一拼。"黄芪对我说，"你说世界上是不是有很多没有道理的事情？那个小女孩要是生在一个好些的环境，英文好，身手不错，洗洗脸可能比巩俐还漂亮，念念书就能当外交官了。"

"古人有过类似的感觉。"我对黄芪说，"比如一朵落花，一阵风吹来，可能飘落到一条小河上，慢慢流走；可能掉在一个怀春的女孩怀里，引出一些眼泪；也可能吹进厕所。没有道理。"

我站在东单路口的天桥上，风吹过来，夜凉如水。

天桥是钢筋结构的，却建成古代石桥的模样。桥正中也搭了一个桥亭，挑出四角飞檐。桥亭顶上一块匾额，两个颜体大字，甚为厚重：银街。原意是东单这条街与王府井比邻，王府井寸土寸金，是金街，东单至少寸土寸银，是银街，地位也不俗。

可是不知道规划东单的人有没有想过，这个街名，别人看上去会不会误会。每种语言里都有自己独特的误会，比如英文里的阳具和花生，如果语音不好，不要轻易请外国人吃花生。有些误会是没有办法的。我的一个初中同学叫焦航，他爸爸是造飞机的，在苏联受的科班教育，从年轻到老，一直造飞机，所以给儿子起名叫航，想让他也造飞机，就像一个讲奉献的纪录片讲的"献了青春献终身，献了终身献儿孙"。刚开学的时候，大家第一次见面，焦航自我介绍的时候很腼腆："我姓焦。"我知道有人姓张，有人姓李，有人姓焦，这不是自己挑的，可是我还是憋不住偷偷笑了。我的动作很小，班主任还是看见了，她恶狠狠瞪了我一眼，我知道她在她的小本子上重重记了我一笔。班主任让我向焦航道歉，焦航一头雾水，不知道我为什么要向他道歉。班主任讲了半天才让他似乎明白了，生理卫生课要两年以后才上到，焦航更腼腆了。班主任说我思想有很多问题，我说我早就知道，我两岁就知道男女授受不亲，三岁上幼儿园就喜欢往阿姨的怀里钻。尽管是初次见面，班主任还是决定请我家长，防微杜渐。我妈妈说，现在没有像样的心理医生，有也不见得是我的对手，我从小没长别的，就长心眼了，精神病医院也不收我，全仰仗学校和老师了，我要是除了坏笑还有其他干扰其他人的行为，就送我去安定，吃大药丸子让我变傻，她和学校老师是一条心的。班主任似乎从我妈妈的言语中察觉了一丝丝我思想形成的原因，叹了口气，让我的座位周围不是班干部就是后进生，对于我的笑话和想象不是不愿听懂就是实在听不懂，确保我的思想不会造成太大的影响。后来我和焦航成了朋友，他没造飞机，可是还是做了与飞机有关的营生。他做中苏贸易，两边跑，进口了五架苏联的图-154。我说不吉利，"要吾死"，他说他又不坐。他现在一点也不腼腆了，见女孩面就说，"我姓焦，不是我想姓焦，而是我不能不姓焦。我不姓焦，我爸爸不答应。不仅我要姓焦，我儿子也要姓焦，他不姓焦，我也不答应。"没完没了的。

但是有些误会是可以避免。初中上完生理卫生课，语文老师讲课本："敌人有的被歼，有的受惊而逃。"这回，笑的可不只是我，下课那些人就互相喊："不好意思，让你受精了。"其实是用词不好，本可以改成"敌人有的被击毙，有的落荒而逃"。东单的命名也属于可以避免的一类，银街，他卖金，你卖银，多难听。本可以改成铜街、钻石街之类。

过街桥下车如流水，前灯橙黄，尾灯樱红，从桥下闪闪而过。东单街上的大小专卖店灯火通明，不远处的大厦顶上霓虹旖旎，它们是大小不等的船只。而路口一角，高耸的麦当劳金黄的M标志，便是指示航道的灯塔了。在桥上可以隐约望见我的学校，青瓦铺顶，飞檐吊角，鬼影憧憧。世界上著名学府多建在城市边缘，不出世也不入世，仿佛道家对欲望的态度：若即若离，毋助毋忘。我的学校建在这里，仿佛把和尚庙建在秦淮河边，色空之间，一塌糊涂。

在如水的凉夜里，我站在桥上，风吹过，伸出手，感觉时间就在我手指之间流过。我想起数年前的一个夜晚，从那个夜晚之后，我常常感觉事物如水。那是高考前，全年级最后一次出游，去北京郊外的一个共青团林场。五月末，槐树林里满是槐树花，厚厚地覆了一地，像积了一层雪，踩上去吱吱响。我们在林子里搭了帐篷，在帐篷边生了篝火。别的班在他们的篝火边又唱又跳，我们只是围坐在篝火边，傻子似的不说话，每个人的眼睛被火映得晶亮，像一群小狼。我的初恋在我对面，我有一种强烈的冲动，想拉她到林子里走走，我想，她不会拒绝。我最后还是一个人去了。风过林梢，我走在下面，仿佛走在水面之下。我突然感到，事物如水。我初恋的长发如水，目光如水，夜如水，林子如水，时间如水。过去、现在、将来在手指间流过，我如果不抓住一个人的手，她也会在瞬间从我手指间流过。

我闭上眼，柳青的意象清晰、生动。她化成青花瓷的样子，说话时的平静亲切，举手投足间的安然大器。不知道她小时候爱不爱吃菠菜，初恋时是不是梳两个小辫。她饭前便后洗手吗？她饭后便前刷牙吗？

东单路口东南角，一家韩国公司的巨幅霓虹灯广告反复变幻，费尽心机要把那个品牌烙进路人的记忆。不知道这些拉丁化了的日、韩品牌在它们本国语言中都是什么意思。我忽然来了一个灵感，我总会忽然有灵感，我将来有钱了，不会像辛夷似的买个楼道。我要把那句京骂拉丁化一下，创个个性时装品牌，让黑白黄各路俊男美女穿着在台上走来走去。

也立巨幅霓虹广告在纽约、东京、首尔、巴黎街头，开一大串专卖店，让街头的闲杂人等都觉得酷，都穿着满世界晃。放眼看去，一街一街的傻×。比阿Q的"我是你老子"简洁有力多了。

"Shabi——"

我在脑子里想象了一下这几个字母的花写体，蛮好看、蛮好记的。人忽然高兴起来。

第九章
肉芽肿的手指

我回到宿舍，宿舍里的人正一边玩"四国"一边讨论女生套回来的尸体范围是否可靠。

"你们说，咱班女生的魅力够用吗？"

"当然。咱班女生虽然没有绝色，但是有长得眉如细柳的，有长得面如桃花的，有长得乳大如斗的，合在一起，绝对是股不能小视、能够兴风作浪的恶势力。而且，女孩如果远看，你总习惯用评影星的标准评，自然不行了。其实多数影星卸了妆，穿了大裤衩，从洗手间出来，也跟土鳖似的。那种蓬鬓荆钗不掩国色、有自信素面朝天的，太少了。但是如果女孩自己凑上来，你评价的标准就不一样了。母猴子冲你一笑，你没准都觉得媚态入骨呢。厚朴，你别笑，说你呢。就像咱师兄，王大，总唠叨他们班上叫什么玲的，多衰多衰，脱光了他都不见得上。但是，玲管王大借了几次笔记，你看王大现在看玲的表情，跟看杨玉环似的。所以，问题不是咱班女生的魅力够不够用，而是白老师是不是一条汉子。"

"白先生肯定是条好汉。他其实挺倒霉的，咱们八年的学制，他念到七年，闹'文革'了，就下放到山西了，什么文凭也没有。到了山西，大事不让他做，只能做阑尾手术。几年下来，他阑尾手术炉火纯青，最快三分半，从上台到下台。然后提刀而立，为之四顾，为之踌躇满志，像个邪派高手似的。但是倒霉的事情还没完。他的阑尾手术做得太熟了，别人总认为他在糊弄。有回县长的小姨子在他手上三分半做完阑尾切除，几天后感染了，四十度高烧，三天不退，差点死了。其实，不一定是白先生的责任，术前准备不好，助手消毒不彻底，术后处理不当，可能性多着呢。但是谁让白先生是下放的呢，谁让他得意呢，提刀而立，为之四顾，为之踌躇满志，像个邪派高手似的。医院决定推他顶罪，县长就把他送进了监狱。关于之后的事情有不同的说法，有的说县长的小姨子心怀内疚；有的说县长的小姨子被白先生在手术台上，提刀而立，为之四顾，为之踌躇满志，像个邪派高手似的风采迷住；有的说县长的小姨子是第一次被一个不是她父亲的男人摸了肚皮，觉得兴奋异常。反正结局是一样的，县长的小姨子爱上了白先生，并且和他有过一腿。白先生回城以后，小姨子年年给他寄大红枣吃。"

"大红枣补血，红的东西都能滋阴。"

"听说前年那个县长的小姨子终于忍不住了，鸡蛋清梳头，水葱绿小袄裹身子，带了一大包大红枣来到北京，想冒充保姆混入白公馆。"

这些故事多数是听胡大爷说的。胡大爷是我们宿舍的管理员，男生女生全管。胡大爷管宿舍的风格是，只要不把楼拆了，他什么都不管，有卫生检查，他都会提前一个星期通知我们。一个寒假里，我在宿舍开了两桌麻将，十几个人一晚上抽了十几包烟，喝了两箱啤酒，胡大爷只说了一句："小声点。"

胡大爷有一百岁了，他记得千年的事情。胡大爷刚建校的时候就已经存在了。大爷，是个名誉称号。中国名医录里，百分之九十的人是他看着念完书的。给上级领导看病的医生，见了胡大爷，没有不下车鞠躬，没有不叫"大爷"的。胡大爷总说人生最大的烦恼是老而不死，时间难以打发。他说人老了，不管读没读过书，要活得有意思些，只有靠低级趣味了。在我们这个历史悠久的学校里，胡大爷是一本活的《子不语》。他没学过遗传学，但是清楚这个学校甚至中国医学界里错综复杂的男女关系。胡大爷历尽沧海桑田，还是对男女关系情有独钟，念叨起来眉飞色舞。他常常带着一大串钥匙，在楼道里叮叮当当地走，像是只脖子上挂个铃铛的老猫。老猫已经不抓耗子了，但是还喜欢和耗子玩耍。胡大爷觉得哪个房间可疑，常常象征性地敲一下门，然后拿钥匙开了门就进去，矫健异常，要是真有人干事，他就连说对不起，慢慢退出来。我老觉得，中国名医们如果有阳痿、早泄、射精困难等性功能障碍，八成是胡大爷害的。

"秋水，昨天我撞见黄芪和他的女朋友了，真的，你还不信。我进去的时候，他女朋友头发乱蓬蓬的，黄芪连大爷都不会叫了。对了，你的《七种武器》后两本呢，借我看看，我肯定还你。"胡大爷另一个爱好是看武侠小说，总向我们借，借了就不还，你问，他就咬定没那回事情。年岁大了就是有这点好处，他想记住什么事就记住什么事，想记不住什么事就记不住什么事，谁也没办法。我们明白了这点之后，借胡大爷书，就不指望他还了，索性自己再买一本。现在，胡大爷有整套的金庸和古龙，他没有整套的梁羽生，是因为他不喜欢看，他对一些作家充满抱怨："我都读不下去，他们怎么写下去的？"胡大爷金庸、古龙看遍了之后，开始劝我退学，"你行，你写凶杀色情都行。不写，浪费了。男怕入错行，女怕嫁错郎。你改行还来得及。比当医生还造福，能让那么多人高兴呢。要不毕业就先干几年皮科，治治性病，或者男科，看看阳痿，长长见识再改行。要不一边当医生，一边写，你肯定行，凶杀色情都行。你知道怎样叫有本事，写的东西能到街上报摊上卖，有本事。写凶杀，让我想磨菜刀，就练成了。写色情，要是让我还能……哈哈，小子，你就练成了。江湖上你就能随便行走了。"

我常想，我从小要是有这样一个爷爷，我会出落成什么样子。

"后来呢？"厚朴挺好奇。

"后来被机智的白夫人及时发现，一脚踢了出去。之后逢人就夸自己智勇双全：'我第一眼看见那个小妖精，就知道不是个好东西。几天后随口问她一个问题，就露了馅。她连我们家老白有几条内裤都知道，这还了得！要不是我心细，哼！'"

"白先生真挺！"

"还有呢，还有呢。'文革'之后，校领导还收到过检举白先生的信呢，说他骚扰女学生。"

"信上怎么说？"

"'在一个风雨交加的夜晚，白老师借口替我补课，趁我不备，将我一把扑倒在解剖床上。'"

"肯定是假的。白老师从不补课，下班就被白夫人接回家。也怪了，血管、神经再乱白先生也能解释得清清楚楚，家住新开胡同，过了东单就是，自己就是找不着。"

"领导也不信，领导说，解剖床是不锈钢的，多硬呀，绝不可能，老白在宿舍有床嘛。"

"但是白先生很挺是肯定的，要不，不会有这种谣言。"

"这回可以放心下棋了。除了重点，不背别的了。"

"不过也有反例。去年王大他们考病理，教课的常老师明说生殖系统不要求，结果就考了一例阴茎癌的实体标本。可能是又长了癌，又在福尔马林液里泡的时间太长了，全班十二个女生全认不出是什么。"

"咱们师姐真纯洁。"

"咱们班的女生肯定答得出，解剖生殖系统的时候，自己分到的尸体是女尸的，都跑到别人的男尸体上看个仔细，拨弄来拨弄去，生怕漏掉什么。"我们班上的女生倒是对尸体一点不反感。别人讲，第一次见尸体，可能吃不下饭，我们班女生，第一次摆弄完尸体后，中饭一边啃排骨一边讨论，香着呢。我们班上，没准将来能出半打儿名医。

"考试的时候，一个师姐不会，小声问王大，那是什么呀？王大说，就是那个东西。师姐急了，你怎么这么小气呀，我以前怎么什么都告诉你呢？王大说，我不是告诉你了嘛，就是那个东西。师姐都快哭了，到底是什么东西呀？王大说，那个那个那个东西呀！"

"最后两个女生答成阑尾，其余十个全部答成肉芽肿的手指。"

"从那以后，病理常老师就多了一个外号，王大他们班女生给他起的，很气派，叫作有十一根阴茎的男人。六脉神剑，夜御十女。"

"你们贫不贫，烦不烦哪？怕重点不是重点的，就上七楼上自习去。不怕的就好好下棋。"黄芪喊。

"四国"是一种四人游戏，一个人当裁判。实际上就是两副军棋合在一起下，需要自己画一个棋盘。他们这伙人，一学期能下烂两张棋盘。四个人分坐方桌的四边，坐对家的两个人一拨，合伙攻打另外两个人。"四国的最大好处是不用动太多脑筋，最大的乐趣就是可以胡乱骂人。下棋的人可以骂同伴合作不力，可骂对手蠢笨不堪，裁判可以四个人一起骂："吵什么吵？你们都是猪。"

"厚朴，你一定要出来一个大子把他这个子敲掉！"杜仲大喊，他和厚朴打对家。

"我得守营。"厚朴边说，边要把他的白司令放入行营。如果一个子放入行营，敌人就不能攻击这个子了。

"龟，不许龟！你一定要出来个大子替我挡一下！你这个龟人！"杜仲喊。

杜仲生得短小精悍，有一副和身材不相称的大嗓门。他上课打一个哈欠，全教室昏睡的人都能被吵醒。我们认为杜仲要是早生千年，可以在军中谋一份好职业。他可以当一个骂阵兵，穿一个小褡裢，露出小肚皮，在两军阵前背诵对方主将的八辈祖宗，骂的时候，肚脐眼一凹一凸的。骂得敌人心烦气躁，贸然出击，被我军一网打尽。杜仲如果不被敌人第一排箭射死，就会立头功一件。

"我想我还是守营好。"厚朴说。

"龟人！"

"我要守营。"

"龟人！"

"我真的要守营了。"

"龟人！"

"我可以守营吗？"厚朴不那么肯定了。

杜仲看见我在怪笑，又看了看周围的人，明白了。我们异口同声地说："好吧，你就手淫吧。"

第十章
我肮脏的右手

我很快又见到了柳青。她在一天早上六点狂敲我宿舍的门，告诉我，有人暗算了她，她着了道，她要打胎。

早上六点是我睡得正美的时候。这座楼，晚上不熄灯，要看的书多，大家通常一两点才睡觉。早上六点到八点，是觉儿最补人的时候。中间有人搅梦，必然会被骂娘的。八点第一节课，教室就在楼上，十分钟洗漱，下了第一节课再吃早点，正好。大家都这么想，八点前的十分钟，洗漱间人满为患。洗漱间一共三间屋子，锅炉房、水房、厕所。洗脸的水房在厕所对面，洗漱的人揉着没睡够的眼睛，把脸盆扔在水房的水池中间，放了水，先到厕所小便，小便完，脸盆里的水也满了，可以用了。水房找不到放脸盆的人，索性一手端了盆，一手按了"晨僵"的小弟弟先去小便。小便池只能并排站四个人，站多了，就有被挤下去的危险。找到位置的人，四人一排，一起用力，积累了一夜了，声音嘹亮，波澜壮阔。我在池子下面等位置的时候，常常羡慕地觉得池子上的人，仿佛西部电影里的牛仔，大碗喝酒、大块吃肉之后，几个人牵了小弟弟出来，合力将烤肉的篝火浇灭，然后抖一抖，斜眼望一望，正西风残照，于是上马绝尘而去。

那些在小便池找不着位置的人，一脚踢开大便池的门，把大便池就当小便池用了，手使劲按住了，也溅不到哪儿去。黄芪有一册名为《我肮脏的右手》的诗集，风格后现代，结构开放。诗作多描写日常生活，微言大义。其中一首《位置》就讲述了宿舍厕所早上的这种情景：

当我站在小便池的时候

有人已经在大便池先尿了

我的眼睛还没有睁开

小便池上的窗户里有座紫色的禁城

大便池，黄漆木门，每学期末重新漆一次，将积累了一学期的厕所文学遮盖住。黄芪每次期末考试完，都会抢在油漆工人粉刷木门之前，将木门上面的内容抄录了。他说这些是少有的纯粹文字，绝少雕饰和冗笔，充满性灵。黄芪其他的收录还包括明清时调，解放初期北京某肉联厂领导十三年的日记，"文革"中他表叔的数十封情书，九十年代广西某土娼四年的流水账，等等。我知道黄芪的酒量，两瓶啤酒下肚，他肚子里的诗人便被激活。那个诗人讲岁月如水流过，没有任何痕迹，他只好收集纯粹的文字，仿佛把一片黄栌叶子夹进书里。黄芪的一大遗憾是不能自由出入女生厕所，不能在学期末将那些木门上的内容也抄录存档。黄芪从油漆工人每次也漆女厕所门的事实推理，女厕所木门上也一定有值得保留的内容。他和我们争论，学医的应该有自由出入厕所的特权，就像男医生也可以进行妇科检查。我们说除了他，没有其他学医的需要这种权利，从理论上讲，只有负责烧开水的胡大爷和打扫厕所的清洁工才有自由出入两性厕所的权利。黄芪在和娟儿好之前，曾经认真考虑过和一个护理系的女生谈朋友。那个女生住我们楼下，当然有出入女厕所的权利。我们曾经认真怀疑过黄芪谈朋友的动机。

大便池的黄漆木门双向开，本来有门闩，用久了，都不管用了。早上八点前十分钟里，如果谁一定要凑热闹大便，他一定要用一只手用力把住门，否则面对面，挺尴尬的。早上刚起来，人的力气都小，门很难把住，所以大家都调节了生物周期，把大便的时间错开这段时间。只有厚朴例外。他反对改变任何自然规律，坚持在厕所最忙的时候，占据一个大便池。为了避免面对面，他动了脑筋，他面冲里，屁股冲门。任凭木门开合，厚朴眼不见心不知，岿然不动。杜仲有一天晚上看武侠小说看到早上四点，八点挣扎着起来，闭着眼睛，端了脸盆，一脚踢开一个大便池，看也不看，掏了小弟弟就射。厚朴当时屁股冲外，就在那个大便池里面。

我昨天晚上睡得很晚，把那个老外带来的那本菲利普·罗斯的小说一气儿念完了。书里讲一个病人接受心理治疗，他躺在椅子上，心理医生躲在他身后，他开始唠叨，唠叨了三百多页，还没唠叨完关于他手淫的种种。他唠叨不完。这样重大的题目至少还需要十部类似的小说。

我忽然清醒了。胡大爷在狂敲我宿舍的门，高声喊着："秋水，秋水，你姐姐找你，你们家出事了！"我提了裤子蹿出门，于是第二次见到了柳青。

柳青站在门口，穿着另外一身黑色的套装，头发盘了，有些乱，口红涂得也不很仔细。她站在楼道里，周围挂的满是晾着的衣服。厚朴那条巨大的内裤，竹子衣架撑了，绿底黄点，像一面非洲某国国旗似的悬挂在她身后。厚朴的内裤都是有年头的。对于内裤，厚朴不讲更新换代，只讲自然耗损，除非丢了或是烂到挡不住龟头，绝对不扔。时间长了，不黄不绿不蓝不白，颜色难辨。厚朴说将来他的博物馆建成了，送一条内裤去展览，表明他艰苦朴素的作风，像老革命似的。我们说革命少年们肯定会把那条内裤当成革命老人厚朴第一次梦遗的遗物。柳青站在厚朴的裤头前，周围是晾晒着的军绿裤、水洗裤、牛仔裤，我闻见"沙丘"香水的气味，忽然觉得柳青站在这个地方，有些古怪。

胡大爷抢在前面，只穿了裤头和背心，裤头像领导人似的一直提到腋窝，背心上印着"劳动模范"四个红字，遮不住他硕大的肚子。"秋水，你姐姐找你，你们家出事了。你有几个姐姐呀？"

"行，大爷，我知道了。您先回去，天凉，别冻着。"我看胡大爷趿着拖鞋走回传达室，回头对柳青说："给我半分钟，我马上出来。"

我胡乱穿上衣服，从门后钉子上挂的白大衣里随便抓了一件，出门拉了柳青往楼下走。天还没亮，挺凉。我们穿过摆满试剂柜和各式冰箱的楼道，楼道里一股老鼠饲料的味道。我的右手轻轻拥了柳青，指示楼梯的方向，她一句话不说，我也没问，我感觉她的身体在抖。

"冷？"

"可能吧。"

我把夹克衫脱下来，披在她身上，她还在抖，本来就瘦，现在人显得更小，仿佛淋了雨的鸟。

"你不冷？"

"我有白大衣。这东西太脏了，我穿好了。我以前一直以为白大衣最干净了，白衣护士最温柔了。其实，我错得不能再错了。没有比白大衣更脏的衣服了。"

"那白衣护士呢？"柳青恢复了些常态。

"没实际上过，不太清楚。但是上过的同志们都说，绝对属于剽悍一类。想想也对，要是个好护士，温柔都在白天用在病人身上了，到了晚上没什么会剩在老公身上，护士也是人呀。就像大厨做了一天的饭，晚上回家，只想用炸酱面对付老婆孩子。要是个恶护士，对付你和病人，都不会有什么好脸，不如找个杀猪的，也穿白大衣。"

"你好像总能说出很多着三不着两的话来。没人劝过你要嘴上积德？"

"不少人咒我会死在这张嘴上，说我一生坎坷，多半会被人骗掉，一定会死在嘴上。开始挺害怕的，但是想通了，也就好了。被骗了，可以当圣人，写《史记》。死在嘴上，比死在床上强。"

我们走出楼门口，一股冷风吹过来，鼠食的味道去了很多，柳青打了个冷战。我看见她那辆欧宝车停在院子里，就管柳青要了钥匙，开了门拉她上去。我裤兜里正好有半包骆驼烟，前天顺我哥哥的。我点了一根递给柳青，又给自己点了一根。柳青一口一顿地把那根烟抽了，烟灰弹进车里的烟缸。她嘴的形状挺好看，掐死的烟蒂上印了一圈淡淡的口红印。车里充满烟雾，渐渐暖和了起来。

"出什么事了？我家出什么事了？"

"不好意思。我不知道你住哪间屋子。我总不能跟大爷说，我来找秋大夫打胎。"

"怎么回事？别着急。从头讲，时间、地点、人物、事件。"

"我上了个当，我想，这回我肯定怀孕了，我不能要这个东西，我要打掉它。"

"你怎么肯定是怀孕？好些小女孩认为被男生不怀好意地看了一眼就能怀上孩子，抱一抱能怀上双胞胎，亲一亲，怀上的双胞胎是一男一女。别自己吓着自己。"

我想起学校糟糕的生理卫生教育。生理卫生课上第十二章，真正讲男女的时候，学校勒令男生、女生分开。女生去食堂，男生去操场。男生站在大操场，生理卫生老师是个大妈，她在领操台上扯着脖子对着麦克风喊，三里外都听得见。大妈老师一喊，周围楼的老太太老头都抱着孙子孙女跑到阳台上看热闹，大妈老师喊的声音更大了。大妈老师问我们男生是不是最近睡觉的时候偶尔发现内裤湿了，但是又不是尿床。大妈老师问我们知道不知道那是什么，心里有没有恐惧感。大妈老师说这种事情对身体很不好，让我们晚上做完功课，趁着累，赶快睡觉，不能念坏书、看坏画、想同桌女同学。如果这种事情发生太频繁，家庭条件好的，可以在睡觉之前喝一杯温牛奶。家庭条件不好的，可以在下课后找她或是班主任谈话，端正思想。周围楼上有个老头，可能是想起了从前练的山东快书，敲着他家阳台上的脸盆就说开了，声若洪钟，一听就是专业的，我们隔着老远，听得真真的。"唰里咯唰，唰里咯唰，闲言碎语不要讲，单表一表好汉武二郎。武二郎本领强，唰里咯唰，唰里咯唰。这一日，武二郎提棍上山岗，忽觉裤裆热得慌，咋了？尿了。"我们一起哄笑着搭茌儿："不对，是梦遗了。"女生怎么教的，我不知道，我觉得她们难免有可笑的常识性错误概念。

"我怎么算，也算不上女生了。我知道是怎么回事。"柳青沉下脸，眼角便泛出细纹来。

"到底怎么回事？"

"我认识一个男的。我认识他很久了。我有时候和他睡觉，也很久了。我其实不该跟你讲这些，我其实根本就不应该来找你，我有一些挺熟的医生朋友。要不，我走了，不好意思，吵你睡觉了。"

"反正我的觉儿也醒了，你的事还是和我说吧，你不用担心会把我变坏，好人变不了坏人。找熟人有找熟人的麻烦，有些事情你也不想让他们知道吧。你是谁呀？我不认识你，除了你叫什么，我什么都不知道。还是这样比较好。"

"也好。我和那个人很久，从来没出过事。他是一个很小心的人，狡兔三窟，他有六窟。我从来不用督促他，他自己就有三重避孕手段，真像你说的，他的小心给我种感觉，好像我那么敏感，他看我一眼，我就能怀上似的。而且我们次数也不多，他很爱惜身体，不抽烟不喝酒，做之前要喝汤喝药，之后要打坐，弄得神神鬼鬼的。"

"一滴精，十滴血。干一次跟义务献次血似的。"

"别开我玩笑了，我烦着呢。总之，日子长了，我没有任何警惕了。昨天，他打电话来，说他升处长了。是个很好的位置，官听起来可能不大，但是有很多实权。他盼这个位置盼了很久了。被他惦记，不是什么好事。他当副处长的时候，有一阵子，我觉得他雇人杀了那个处长的心都有了。"

"我怎么听着，觉着你一直和一个奸臣混在一起。"

"可能吧。人在江湖，说这些，你可能还不明白。我其实不该和你说这么多，我也不知道为什么，觉得你很亲切，可能你不是什么好人。"

"姐姐，说什么呢。"

"反正我和他待了很久，一点儿没担心会出什么事。和他待的好处就是，所有的心，他都担着，加倍担着。但是，昨天，他来我那儿的时候，已经喝多了。一嘴酒气，酒就顶在嗓子下面，打个嗝就能泛出来，他一个劲儿嚷嚷，说他没醉。我从来没见过他喝醉过。他喝一口酒就上脸，但是喝一斤白酒都不会倒。他靠这点，蒙过好些人，先说喝不了酒，过敏，等别人喝差不多了，他就开始灌该灌的人。昨天他肯定醉了，他骂天骂地骂自己，觉得自己这辈子过得委屈，说要干件出格的事，然后就把自己的裤子脱了。他接着骂自己委屈，说他真心喜欢我，三年来第一次。"

"那不挺好的吗？正好收了他，找个实权处长当老公也不错呀。你干烦了还可以金盆洗手，退出江湖。反正也处三年了，睡也睡习惯了。"我忽然感觉和柳青讨论这个问题，心里有些别扭。

"他儿子已经三岁了。"

我没敢接话，想起柳青刚说的"人在江湖"。

"他喝醉了。我还没明白过来，他已经射在里面了。我知道这样一次不一定怀上，但是我肯定我怀上了。我挺迷信。他憋了那么久，再奇怪的事在他身上也不奇怪了。他也是那么想的。刚射完，他酒就醒了，跑到厕所吐了半天，回来坐在沙发上直了眼发呆。他说怎么样也不能让那东西生出来，他说花再多钱都行。我说钱我有，有的是。我也想吐。我问他我要是偏要生呢，你是不是杀了我的心都有。他没说话，眼睛瞪得像包子似的，好像真急了。这是我第一次看见他慌。我跟他讲，我没那么痴情，已经够恶心的了，我不会再给自己添恶心。他没说话走了。我想了想，就来找你了。你看能不能帮我。"

"昨天晚上的事？"

"四个小时前的事。"

我心里有了底："没事。肯定没事的。"

"你不能低估那个家伙。低估他的人都倒了霉。"

"这跟他挺不挺没有关系。这是科学。是按概率走的。你上次倒霉是什么时候？"

"我记不清楚了。三四个星期前吧。"

"那就不太可能有问题。"

"他和别人不一样，有一点可能，到他都能变成百分之百。再说我倒霉一直不太准。"

"放心吧，要是孩子那么容易怀上，就没有不孕专科了。好吧，咱们这么办。等会儿，医院开门了，我和你一起去拿些探亲避孕药吃，抗着床的，就是防止受精卵附着在子宫壁上。再拿个早早孕试剂盒。过一两个星期，你要是还没倒霉，就用试剂盒查查看，阳性了就再来找我。百分之九十九不会是阳性的。要是倒了霉，或是试剂盒说是阴性，也告诉我一声，报声平安。"

"你肯定？这么简单？"

"我肯定。不信，你就自己顺着电线杆子找老军医去吧。是不是一定要你花几万块钱，你才放心？"

"好吧。谢谢你。我还以为要上什么大刑呢，跟电影里演的似的。"

"现在放心了？时间还早，肚子饿不饿？我请你喝永和豆浆吧。它的生煎馒头、葱油饼挺好吃的。"

柳青说没有这个道理，肯定是她当姐姐的请客。她把座椅前面的遮阳板扳下来，遮阳板的反面嵌了个小镜子。天已经蒙蒙亮，柳青对着小镜子重新整了整头发，补了补妆。我们从车里出来，学校卫队已经在院子里练队列了。他们穿了宝石蓝的制服，上面缀了镀金的塑料扣，在朝阳的照耀下放射着光芒。校卫队的来自全国各处混不下去的地方，他们年纪都比我小，青春期刚刚过，嘴唇上一撇软塌塌的小胡子，双眼放光，心中充满对新生活的憧憬。他们从院门走到楼门，再转身从楼门走回院门，一共不足二十步。校卫队队长喊着一二一，他也穿着宝石蓝的制服，但是头上多了一顶警察的绿帽子，帽子上有盾牌国徽。他是学校保卫处处长的远房表弟，他平时总叼着一根烟，抽的时候不苟言笑，很酷的样子。喊号的时候，他就手夹了烟，叉了手放在胸前。校卫队队长看见我们从车子里出来，冲我们喊，教我们把车开走，说院子里不能停外单位的车。柳青冲他笑了笑，说马上就回来，马上就开走。队长也笑了笑，说要快些，否则领导和本单位的车来了，没处停，他就为难了，然后收拾其笑容，抽了一口烟。我暗想，我来生如果做女孩，也要把头发盘起来，也要把妆上好，可以冲校卫队队长之类的人笑笑，就把事情办成了。

东单街上还很安静，要饭、要钱的还没有上班，地摊还没铺开，店铺的门还都锁着。我们宿舍楼前，拆了一片，不知道要盖什么。从东单街上，可以看见楼门口。我问柳青能不能看见楼门口上面的八个大字，那是我们的校训。柳青说她很少用功读书，眼睛很好，那八个字是：勤奋、严谨、求精、献身。我问她是什么意思。柳青说，那是鼓励我们要做好学生，将来做好医生，只想把事情干好，只想别人，不要考虑自己的欢喜悲伤。

"我们一个师兄把这八个字翻成英文，再从英文翻回来，意思就都变了。"

"怎么会？"

"翻回来，直译就是，时常勃起、阴户夹紧、渴望精液、全身给你。"

"我要是你亲姐姐，我一定好好教育教育你。"

"我亲姐姐也没有第二次见我面就让我帮忙打胎。我亲姐姐大我六岁，她后来告诉我，我那时还不到一岁，她第二次见我面，就用她的袜子堵了我的嘴。她嫌我太吵，言语污秽。"

校训是被王大师兄红词黄译的。我和柳青吃完早饭，来到计划生育门诊，就看见王大师兄在门里卖矿泉水。

正值春末夏初，计划生育门诊人很多。大门口上刷了"男宾请勿入内"几个大字，门玻璃也刷上了不透亮的黄漆，从门外屁也看不见。门外有两排条凳，不能入内的男宾就坐在条凳上等，他们当中有的是无执照上床的，有的是蛮干蠢干的老公，间或目光交会，互相半尴不尬地笑笑，也不说话。偶尔有陪亲戚、朋友来的，为了和真正的坏人划清界限，从来不敢坐在条凳上，远远地站在楼道的窗户前，眺望远方。扫楼的大爷没那么敏感，分不清谁是谁，对谁都是一脸不屑，借打扫楼道，用大墩布埋汰男宾的皮鞋。谁要是掏出烟卷，扫楼的大爷立刻就喊："这儿不许抽烟！心虚也不行。"门里面也有几排条凳，女病人坐着，等护士叫自己的名字，用假名字的，嘴里不停嘀咕，反复重复，生怕叫到自己的时候反应不过来，错过了，不像其他门诊病人似的，互相讨论自己的病情、责怪老公不体贴、抱怨孩子不孝顺、咒骂社会腐败。王大师兄就坐在门里的一个角落里，卖矿泉水给女病人服避孕药用，五块钱一瓶。"贵点是贵点，但是在这儿喝药最不会延误病情，没人嫌贵。"王大师兄说。王大师兄喜欢在计划生育门诊实习，更喜欢卖矿泉水，不用动脑子，而且有漂亮姑娘看。从人群角度看，未婚先孕的人类亚群最好看，王大师兄说，这是自然界的规律，被蝴蝶、蜜蜂最先搞残废的，都是最鲜艳的花朵。

我穿了白大衣，就是男大夫，不属于男宾。我和柳青走进黄漆大门，我把一个快餐饭盒递给王大师兄，里面有永和豆浆店的两份生煎馒头，我和柳青吃完后买的外卖。王大师兄接了饭盒，问我为什么起得这么早。我将来意说了，问他哪个名教授当诊，麻烦他要个号，看看。

王大师兄瞟了眼柳青，嘴角冲我一笑，我连忙说："我介绍一下。我表姐，柳青。表姐，这是我大师兄，王大大夫。"我说完就后悔了。王大师兄是精读过各种手抄本的人，知道掩人耳目最常见的称呼就是表哥、表姐。

"不用找教授了吧。明摆的事，吃点药不就完了嘛。"王大师兄又卖了一瓶矿泉水，收了五块钱，压在快餐饭盒下面。

"我也知道。可还是找个名人看看，保险些。"王大师兄摇了摇他的大头，嘱咐我看牢矿泉水摊子，进屋拿了个号出来。我安排柳青在诊室里的条凳坐了。

"我去给你挂个号，还得建个小病历。"我说。

"这么麻烦？"柳青在皮包里取了一沓钱塞我手里。

"人命关天。"

"好。"

"你叫什么名字？"

"柳青。"

"病历上填什么名字？"

"柳青。"

"年龄？"

"大于十八。具体，你看着填吧。"

柳青进诊室看病的时候，我替王大师兄看摊卖水，王大师兄吃包子。包子还是热的，王大说好吃。王大问柳青是谁，我说真不知道。王大说柳青长得不错，但是寡相，带戾气，不祥，史书里说这种女人常常导致兵戎相见。我说跟我没关系，她再大些，说是我妈都有人信。王大说我骂他，说柳青应该和他年纪差不多。

王大师兄大我十岁。他体重九十九公斤，身长八尺，头大如斗，眼小如豆，头发稀疏，体毛浓重，总之状如风尘异人。他在这个医校念了五年，忽然觉得无聊。不上课，跑到机房鼓弄那几台老电脑。他编了个程序模拟人脑神经网络，有学习记忆功能，程序小于5KB，那还是在1985年。他据此写了篇文章，文章很快就发表了。十几个美国大学问他愿不愿意过去念书，他挑了个名字上口的转了学。在美国念博士期间，在世界头牌的几个杂志如《自然》《科学》都发表了文章，如果不考虑年龄，王大师兄的资历回国可以候选学部委员。王大拿了博士学位之后的确回国了，但是不是来候选学部，而是到医校继续念医科。问他为什么，他不说，问急了，就说常泄天机的人，常不得好死，他怕疼。王大的理想是在美国某大学当个校医，活不忙，钱不少，他可以整天无所事事，养脑子。学校最好是在佛罗里达，天气好，洋姑娘漂亮。买辆大吉普车、养条狗，然后开吉普带狗在海边兜风。狗站在吉普车后座，探出脑袋、耷拉着舌头看窗外的风景。

"我又听说你的故事了。你都快成传奇了。"我对王大说。

"什么故事？"王大的包子吃完了，在白大衣上使劲蹭了蹭油手。

"说你昨天早上抽血，病房里五个病人该抽血，你准备了六个针头，一人一个，第六个备用。结果第一个病人抽完，六个针头都用没了。"

"这是谣传，他们胡说。其实六个针头都用没了，第一个病人还没抽出来。我手太笨了。"

"那个病人的确不好抽，据说最后还是请护士长抽的。但是这部分加上，故事就不动人了。"没人敢说王大师兄手笨。

王大会染色体显微切割，能把染色体上特定的某个区带切下来。这种技术能大大加速很多研究的进程，但是会这种技术的人，这世界上不过五个人。我鉴赏过王大的手，干燥稳定，小而丰腴，柔若无骨，天生做产科医生的料。据其他师兄讲，和王大同班的女生，很多人都渴望摸一摸王大的小手，最后嫁给他的女生是他们班的班花。班花私下坦承，嫁给王大的主要原因就是能天天摸着那双传奇的手，或者天天被那双手摸着。班花说手应该比性器官更受重视，因为手的使用期比性器官长得多。谣传表明，王大经常把手揣兜里，班花每每偷窥到王大的手，每每性欲澎湃。

"我也要一瓶水。"柳青出来，手里拿着张处方。

"我请客。"王大递给柳青一瓶矿泉水。

"别价，已经够麻烦你了。"我付了钱，又取了药。柳青站在计划生育门诊门口，将药喝了，眼睛里水蒙蒙的。这时候，有个姑娘从门诊出来，也拿了瓶水，陪她来的男的迎了那姑娘坐下，自己蹲在姑娘脚下。姑娘神情有些恍惚，很机械地把药放在嘴里，喝了口矿泉水，眼泪唰地流下来，挥手响亮地抽了那个男的一个嘴巴。时间好像停滞了一会儿，周围人的表情都没有改变。姑娘又喝了一口矿泉水，挥手又响亮地抽了那个男的一个嘴巴。我看见柳青的神情也开始恍惚，就脱了白大衣，一把挽住她的腰，她的腰很细，我的手正好可以绕一周。

"别抱我，我不想哭。"说着，柳青的眼泪就流了下来，人一下子变得很憔悴。

"没事了，咱们走吧，姐姐。"我拥着她走出医院。

第十一章
垂杨柳

　　我小的时候生长于一个叫垂杨柳的地方。那是北京重工业集中地：起重机械厂、通用机械厂、光华木材厂、内燃机厂、齿轮厂、轧辊厂、北京汽车制造厂、机床厂、人民机械厂、化工机械厂、化工二厂，一个挨一个，集中在这块地方，终日黑烟笼罩。刚建国的时候，这个地方绝对属于荒蛮之地。我有一张一九四九年解放版的最新北平大地图，上面对于广渠门外的垂杨柳，没有任何标示。当时的决策者无法想象在不远的将来会存在的互联网、基因组或艾滋病，他们根据京城从辽南京、金中都、元大都到民国北平逾千年的扩张速率，认定在北京变成沙漠之前，垂杨柳都会属于荒蛮之地，于是把所有重工业都迁移到这里集中管理。不足五十年后，北京变成一个张牙舞爪的大城。开了一届亚运会，一条东三环路由北向南穿过大北窑、通惠渠和垂杨柳，挑起一个所谓中央商务区。写字楼、饭店、酒吧在这里集中。每到中午饭点，所谓白领们从写字楼里鱼贯而出，迅速占领写字楼周围各个角落里各个劣等家常菜馆，男的吃的时候，事儿事儿地把领带甩到背后躲开油星儿，女的吃完，事儿事儿地对着口红盒子里的小镜子补妆。每到公安局扫黄打非的时候，雅称"小姐""少爷"的人提出成皮包的现金，衣锦还乡，笑傲故里，东三环上所有的银行储蓄所一时头寸吃紧，一辆辆武装运钞车从别处调来成箱成箱的现金。垂杨柳的重工业工厂忽然发现，他们最值钱的资产是他们厂房下面的地皮。

很久以后，我才意识到垂杨柳这个地名充满诗意，好像"点绛唇""醉花阴"之类的词牌。写完一篇文章，落款标上"某年某月于垂杨柳，杀青斯竟"，很旖旎的感觉。但是那个地方没有多少杨树，也没有多少柳树。我所在的小学每年春天植树节，都会强迫学生们在学校门前挖坑种树。我们在学校门前追打玩耍，对着树练习少林功夫，那些树没有一棵能活下来，于是我们第二年挖坑再种。有些杨树，长了一身叫洋刺子的虫子，沾在皮肤上就是又红又肿的印子。所以这些为数不多的杨树，恶霸一样横行乡里，睥睨地方，没人敢近身。夏天，杨树上趴满了"知了"，太阳一洒下来，就扯着脖子喊"伏天"，好像谁不知道似的。有些柳树，没水可依，在阴凉的地方糗着，叶子枯黄，枝条凌乱，仿佛没睡醒的大妈蓬了头发出来，瞧着谁都不顺眼，清清嗓子准备骂街。楼群间多的是榆树和槐树，树上长满了叫"吊死鬼"的绿肉虫子。枝叶上拉出长长的绿丝，密密麻麻的像张帘子，每根绿丝下面，都坠着一个绿肉"吊死鬼"。无数小贩在街上摆着小摊，和大妈老婶两分一毛地争论价格，在秤上缺斤短两。他们的头发，枝条凌乱，指甲缝里长年有均匀浓重的黑泥，没有生意的时候，太阳洒下来，他们肆无忌惮地注视过往姑娘的酥胸大腿，一尺长的西瓜刀在手上晃动，痴想自己或许有一天也能成为恶霸，横行乡里，睥睨地方。"五一""十一"、亚运会之类的活动来了，他们被认为有碍市容，通通赶到楼群里，和"吊死鬼"们在一起出没。总之，那个地方本身没有任何诗意，绝不会让人想起"昔我往矣，杨柳依依"，绝不会让人想起如果有杨柳一样依依的姑娘，可以伸手揽住她杨柳一样的腰身。

我的老妈在这个叫垂杨柳的地方声名赫赫。她熟悉方圆五里所有的职能部门，卖肉的、卖菜的、收税的、邮局的、管卫生的、扫大街的、派出所的、保健站的都管她叫"老妈"。她能平定方圆五里所有的事情，我周末回家，常常是一屋子的人，都是老妈的干儿子干女儿，我要叫十几声哥哥姐姐。一次，老妈办事回来，叫"热"，打开冰箱，咬开瓶盖，一口气吹了一整瓶燕京啤酒进肚。当时我的一个同学目击了全过程，对老妈的存在进行了历史性的评论："老妈如果振臂一呼，垂杨柳就独立了。"

我是这个地方唯一的念书人，我的书一直胀到了我家破房子的屋顶。听着"知了"叫"伏天"，窗外是无数小贩和"吊死鬼"，我在窗下读《逍遥游》和《游侠列传》，安定从容，如痴如狂。老妈说我应该接受双重教育，一重教育来自书本，另一重来自窗外的江湖。赌博起贼性，奸情出人命。开出租车的蒋七拿西瓜刀挑了卖菜薛四的手筋，二十七楼的王老头在一个月黑风高之夜爬进了儿媳的被窝。老妈在平定各种事情之前，总要和我细述原委和各个当事人的逻辑，穷推各种解决方案的曲直优劣。老妈和我拿了老爸钉的马扎，坐在门口巴掌大的空地上，头上的月亮很亮，随着丝线坠下的"吊死鬼"闪烁着绿光。我想起《资治通鉴》中在御前大殿中进行的种种讨论：匈奴带着血光从北方杀来，是扣了李广们的妻儿，让他们带领着一国的男儿去抵挡，还是挑个王昭君赐为皇妹，兰汤洗香下体，绸子裹了，送给匈奴灭去血光。种种相通穿过时间空间，通过"我注六经，六经注我"，一一呈现在我的脑海，让我心惊肉跳。多年以后，我在美国念工商管理硕士的时候，摊开一个个哈佛案例，脸上难免闪过一丝微笑，案例里面的一切是如此熟悉和小儿科。我的血液里有老妈替我打下的精湛幼功，有三千卷的经史和江湖。

因为是周围唯一的读书人，我从小就被派作各种奇怪的用途。我三岁那年，出租车蒋七娶妻。蒋爷爷和蒋奶奶希望蒋七能生一个像我一样表情忧郁、喜欢读书的儿子，就央求老妈，让我在蒋七圆房的时候，睡在他们的被窝。因为时代久远，我对这件事情的记忆，破碎而模糊。被子很大很厚，蒋七酒气冲天,昏睡不醒。蒋七的女人发出熟桂花似的甜香味道,努力尝试推醒蒋七,仿佛他忘记了一些事情没有完成,但是蒋七鼾声如雷。那个女人有着纤细而柔软的手指,她的手指在我身上长久地滑过,阴冷而湿润,像是蜗牛带着黏液缓缓爬行。蒋奶奶很老了,夏天很热的时候,拿了蒲扇,放了马扎,坐在院子里,她从不穿胸罩,双奶拖坠到裤腰带。蒋奶奶说,特别小的小姑娘和特别老的老女人都应该不戴胸罩,否则就是影响发育或是自作多情。蒋奶奶见到我就念叨:"秋秋,秋秋会当一个大大的官。"蒋爷爷思考问题更加全面,他小时候常听书,见了我就说:"乱世之英雄,治世之奸贼。拿了笔杆,屁也不是。"蒋爷爷在这个世界还没有变得太奇怪之前死去了,我被请去拿笔杆,写挽联,我的行楷写得骨感周正,神似董其昌。之后,每一年蒋爷爷的忌日,入了夜,蒋奶奶都要到街头,找一棵长得乱七八糟的柳树,一边骂蒋七的不孝,一边烧我替蒋爷爷画的冥钱。我用毛笔在黄宣纸上写一个"1",之后画一连串的"0",最后用灵飞经体注明"冥府银行发行"。蒋奶奶说我画的冥钱,烧的时候都起蓝火苗,烧光的时候,北风会吹起,说明是真币,蒋爷爷下一年吃喝不愁了。

在我生命中那个重要的夏天,我天天骑车由南向北,穿过半个北京城,去看望我的初恋。她家有一张巨大无比的苏式木床,床框上漆着"大海航行靠舵手,万物生长靠太阳"。

我们在这张床前长久地拥抱，却没有一丝一毫兴风作浪的欲望。我深刻体会到我们交流中的障碍，并且厌倦了那张巨大的木床。我说，要不要到我家去？看看我破旧的小屋子。那里没有巨大的木床，我们可以仔细拥抱，继续做倾心之谈。

我选了一天，家里人都不在。老妈将一批北京果脯运往湖南，临行前告诉我一句至理名言，我现在仍然奉之为做生意的第一定律："贱买贵卖就能赚钱。"老爸去海南岛开会一周，一天会，六天参观。哥哥正带旅游团，导游们在酒店里会有一间房，晚上都不一定回来。姐姐已经在美国了，估计正忙着参加各种舞会，穿着缎子被面改成的旗袍，冒充东方美人。

那天，天下小雨，我在28路公共汽车垂杨柳车站等待我初恋的到来。王五的西瓜摊就在车站旁边，他问我，老妈什么时候从湖南回来。我说快了，然后夸他的西瓜刀真快，可以充当凶器。他说当然。他夸我字写得好，特大。让我帮他在块破黑板上用粉笔重写西瓜的价钱：五斤以下三毛五，五斤以上三毛，保熟保甜。我说写得再大也没大用，要想来钱快，当街横刀劫钱财。他说别胡扯了，你等的姑娘来了。我问他怎么知道。他说他眼睛比我好。我说你也不认识她。他说不用认识，那边的那个姑娘不是这边儿的人，和这边的人不一样，和我挺像，事儿事儿地噘着嘴，好像丢了钱包，挺忧郁。

我抬头，就看见我的初恋向我走过来。她穿了一件粉色的小褂、白色的裙子、黑色的布鞋，头发散开，解下来的黑色发带松松地套在左手腕上。看到她的时候，一只无形的小手敲击我的心脏，语气坚定地命令道："叹息吧。"我于是长叹一声，周围的杨柳开始依依，雨雪开始霏霏，我伸出手去，她的腰像杨柳一样纤细而柔软。

我请我的初恋来到我位于垂杨柳的屋子，这件事情含义深刻。我从来没有请过任何人到我的房间，从来没有任何人乱动过房间里的东西。如果一个我感觉不对的女孩要求我必须在脱下衣服和领她到我房间之间选择，我会毫不犹豫脱下衣服，在她的面前露出我绝对谈不上伟岸的身姿，而不会打开我的房门。

我的房间是一只杯子，屋里的书和窗外的江湖是杯子的雕饰。我的初恋是一颗石子，坐在我的椅子上，坐在我的杯子里。小雨不停，我的眼光是水，新书旧书散发出的气味是水，窗外小贩的叫卖声是水，屋里的灯光是水，屋外的天光是水，我的怀抱是水，我的初恋浸泡在我的杯子里，浸泡在我的水里。她一声不响，清冷孤寂而内心狂野，等待溶化，融化，熔化，仿佛一颗清冷孤寂而内心狂野的钻石，等待像一块普通木炭一样燃烧。这需要多少年啊？我想我的水没有温度，我的怀抱不够温暖。

"要不要喝一点酒？据说酒能乱性。"我提议道。

"好。"

"喝什么？"

"都行啊。不喝葡萄酒。葡萄酒不是甜就是酸。我不喜欢酒甜或酸。"

"我刚喝完一瓶红牌伏特加。但是我还有二锅头。我总有二锅头。"我后来发现，我很早就坠入一个定式：从我的初恋之后，所有和我关系密切的姑娘都是酒量惊人，舞技精湛。半斤二锅头之后才开始神采飞扬，谈吐高雅，跳起舞来，迷死人不偿命。

"好，二锅头。"

我找了两个喝水的杯子，各倒了半杯，递给她一杯，自己正要喝干另一杯的时候，她的胳膊举着杯子伸进我的胳膊，回手和我一起把酒喝了。

"是不是交杯酒就是这样喝的？"她问我。

"坐到我身边来，好不好？"我问她。

"好。"

"其实你不瘦，抱起来感觉并不小。"

"我给很多人很多错觉。其实你想的我和真的我很可能不一样，也是错觉。"

她在我怀里，我在很近的距离看她，她的皮肤很白，露出下面青青的脉管。她的领口半开，露出下面的乳罩和青青的乳房。

"你的肩膀很壮实。"

"我有一次脱衣服，一个阿姨看见，惊叫，说我的后背竟然有两块鼓嘟嘟的肉。"

"原来阿姨见了你都能成为色鬼。"

"瞎讲。你是学医的，你知道不知道女人哪里老得最慢？"

"肩膀？"

"肩膀。"

我又给两个杯子续了半杯酒，她举起杯子，和我的碰了一下，胳膊又伸进我的胳膊，仰头把酒干了。

"再告诉我一些关于你的知识吧。"我说。

"比如？"

"你有没有痒痒肉？"我的手掌滑过她的身体，像是水冲过石子，她的身体起伏动荡，曲折延展。她的头发细致而柔软，味道很好。

"有。"

"什么地方？"

"自己找。"

她在我怀里，好像是一把琴。我虽然五音不全，不识五线谱，但是我的手指修长，小指和拇指之间的展距大于三十厘米，是弹琴的好料。我的手指落下弹起，按照她的要求寻找，像是流水在寻找岩石的缝隙。

"我找到了。你在笑。"

"到现在为止，你是唯一一个知道这个地方的人。"

"这是一个重要的秘密。"

"不重要。"

"你的痒痒肉位置很不一般。而且不对称，一边有，一边没有。"

"对了，我有件东西送你。本来想在几个月前，过节的时候给你的。"她打开书包，拿出个青色的小皮盒。我打开皮盒，里面是一颗很小的用红色绸条编的心。"还有，这张卡也是给你的，本来也想在几个月前，过节的时候给你的。其实好久之前，就有这张卡了，好些年前。"

那是金底的细长卡片，正反都画了四把折扇，扇面分别是秋菊、春草、夏夜、冬雪。我打开卡片，里面的字句如下：

早在几年前，就有过一个冲动：

在这样一个日子，在这样一张卡上，写上我四季的语言。

而如今，提起笔来又无从写起。

只愿我们的心永远纯净，只愿我们依旧珍惜。

给我时间，让我能做你的女孩。

二月十四日。

"上面画的是四季。"她说。

"不对，上面画的是四季轮回。"我说，忽然不想说话。

她抓起酒瓶子，把剩下的酒分别倒进两个杯子。"不说了。喝酒。"没等我，自己把自己的酒喝了。我一动不动。

　　"你想不想听我唱歌？我喝多了，想唱歌。"

　　我说当然。然后她唱了一首叫《感觉》的英文歌，她把歌词改了改，其中有一句是："感觉好像我从来没有遇见你，我的男孩。感觉我好像从来没有拥有你。"我忽然感觉不对，在我的杯子里，她好像变成了水，我好像变成了等待被溶化的石头，石头好像没有等待就被溶化得没有了踪影。

　　"我饿了。"我大声说。

　　"咱们自己做一点吧。"

　　"家里没人也有没人的不好。虽然可以仔细抱你，但是没有饭吃。"

　　"我会做。"

　　"你会不会做红烧猪头？"

　　"会。"

　　于是我们来到楼下。小雨还在下，薛四的菜很新鲜，我想起"夜雨剪春韭"，最后还是没有买猪头。我感觉这个脏乱的集市是我的园子，园子里长满了看着我和我初恋的好奇的眼睛。我的初恋从薛四的摊子上拣了几个长茄子、几个苦瓜，说可以细细切了丝，清炒。薛四说，多拿几个，但是不许给钱。我的初恋看了一眼薛四，看了一眼我，以为我是对她隐藏得很深的街霸。我连忙向她解释，薛四不是看上她了，不要自作多情。薛四喜欢大奶大屁股的那种类型。薛四假装不要钱，是在给老妈面子。薛四傻笑认可。我说钱一定要给，否则我就不让他再进我家打麻将。

后来雨停了，天很晚了。我说送她回家，她说不坐车，走走。我们走在东三环上，经过起重机械厂、通用机械厂、光华木材厂、内燃机厂、齿轮厂、轧辊厂、北京汽车制造厂、机床厂、人民机械厂、化工机械厂、化工二厂，我依旧闻见化工二厂发出的氨气的臭味，但是半斤二锅头在体内燃烧，我觉得这个夜晚浪漫异常。借着酒劲儿，我法力无边。我让初晴的夜空掉下一颗亮得吓人的流星，我停住脚步，告诉我的初恋，赶快许愿。我双手合十，眼观鼻，鼻观口，口问心，问心无愧。她说你不许装神弄鬼，夜已经太深了。我说我许了一个愿，你想不想知道。她说不想。我说不想也得告诉你，否则将来你会怪我欺负你。我要用尽我的万种风情，让你在将来任何不和我在一起的时候，内心无法安宁。她一言不发，我借着酒劲儿，说了很多漫无边际的话，其中有一句烂俗无比，我说："我不要天上的星星，我要尘世的幸福。"

第十二章
包书皮

　　明天就要考人体解剖了，白先生说最后给大家进行一个小时的答疑。平时所有旷课睡觉、逃课泡妞的人都来了，班上有人勤快有人懒，但是谁也不傻。解剖室里少有的热闹，三十几个人散坐着，八九个被割得零落的尸体在解剖车上横躺着，两具人体骨骼在教室前面硬戳着，白先生被围在中间，被烟熏黄了的手指夹着粉笔，感觉被重视、被期待、被渴望，一脸幸福状。考试前的老师就像初夜前的一村之花，在破身之前，所有乡亲都有观察圆房的动力，个头小的，还会回家搬个板凳。初夜之后，姑娘即使光着屁股在街上跑，都不一定有人看。白先生现在略带矜持地幸福着，像极了期待着在几个小时之后被破去女儿之身的姑娘，他身旁的两具人体骨骼仿佛都受他的感染，咧嘴笑着。

　　"你们问吧。"白先生说道。

　　"不是您讲吗？"厚朴插话。

　　"学校规定，不许考试前划重点，出提纲。你们有问题就问，没问题就回去，早点洗洗，睡吧。"

"我有问题，明天考什么呀？"杜仲老远坐在门口，但是提问的时候，一屋子回响，那两具骨架子震得直晃悠。

"这不是问题。"白先生给自己点了根烟。

"有问号呀！"

我同意白先生的观点。好些问题不是问题，是较劲儿。比如高更那幅画的题目：我们从哪里来？我们是什么？我们向何处去？那是热带大面包果吃撑了，大奶姑娘睡多了的人和自己较劲儿。爱因斯坦反复告诫热血青年，千千万万不要想什么终极问题，想想就会把自己绕进去。

"好，我给你答案。明天考上课讲过的。"

"讲过的都考呀？太多了。"

"谁也没期望你全对呀。"

"什么不考呀？比如生殖系统？我们高中生物也学，但是都是男女分开讲的，而且就第十二章生殖系统没有实验，从来不考。"

"我一定会考的。咱们生殖系统可是仔细讲了的。分到男尸的同学和分到女尸的同学，讲课的时候，让你们交换看过的。过去封建，妇科大夫上手术台，打开肚子，所有内生殖器官都能看，随便摸，但是平时检查的时候，所有外生殖器都不能看，打死都不能看。那个蒙昧落后的时代一去不复返了。"白先生说到动情，手臂禁不住一挥，顺便弹了弹烟灰。

其实，蒙昧时代远远没有过去，在几年以后，我们学习妇产科，在门诊见习，没有任何一个女病人希望被我们检查。威望最高的老女教授拿自己当诱饵："不让我的学生看你，也别想让我看你。"并且苦口婆心，"我们医院是教学医院，必须承担教学任务。如果我们的学生毕业后连大嫂和小丫头都分不清，将来如何为人民服务呢？十几年后，几十年后，我死了，你们找谁看病呢？你们的闺女找谁看病呢？"但是女病人就是不买账，进诊室一见我们四个全都一米八〇以上的男生，扭头就跑。最后老教授只能让我们四个躲在屏风后面，没有信号，不许说话不许动。等老教授安顿女病人脱了鞋、脱了穿戴、在病床上仰面躺下、两腿蜷起叉开呈截石位后，一个手势，我们从屏风后面陆续钻出来，一个，两个，三个，四个。那个女病人狂叫一声，仿佛看见了世界上最恐怖的事情，拎了衣服就蹿了出去，鞋和皮包是几个小时以后回来取的。

白先生是个很有激情的人，讲话动情时，眼底迸发火花。我完全可以想象，白先生年轻的时候多么招姑娘喜欢。第一节课讲解剖概论，白先生上蹿下跳，用古希腊文在黑板上写下阿波罗神殿中的神谕：认识自己；用英文背诵莎士比亚关于人的颂歌；问我们，人的拉丁文学名是什么。

白先生弹完烟灰继续说："这次考试，生殖系统一定是重点，我不想你们将来露怯。'文革'之后，咱们医学院刚复校，咱们妇产科老主任问一个你们的师兄，卵巢多大？你们师兄双手比了个鸡蛋大小。老主任追问，卵巢多大？你们师兄双手比了个鸭梨大小。老主任再问，卵巢到底多大？你们师兄比了个皮球大小。老主任说，我看你还是重新上一年吧。你们师兄就蹲了一年班。希望你们今后别这样给我丢人。"其实这个问题有些不公平，如果问我们师兄，阴茎多长，师兄肯定知道。即使不知道，临时比画比画，也就知道了。

"颅底那些孔考不考？"

"考。"

"有一天我在澡堂子遇见内科主任。没话找话，我问他，您还记得颅底那些孔，都分别有哪些结构从中间及周围穿过？他回答他怎么会记得。主任都记不住，说明没用。不做脑外科，不做神经内科，就没什么用。既然没用，为什么还考？"厚朴继续问。

"你每顿吃饭，之后都拉成了屎，你为什么还吃饭？你记住，学过之后、记住之后再忘掉和从来没学过、压根儿就不知道，不一样。即使忘了，你至少还知道在什么地方找。就像你们在北大预科学的东西，你们记得多少？但是那种训练会让你们一辈子受益。那是人文关怀，那是科学修养，那是金不换的。国家、学校是把你们当大师培养，不偷一时的懒儿，不争一时一地的得失。懂不懂？其实，好些东西要掌握方法，比如颅神经，十二对，记我教你们的口诀。"

"一视二嗅三动眼，四滑五叉六外展，七面八听九舌咽，迷走及副舌下全。"

"对。"

"好像小时候玩洋画。三国洋画，吕布最厉害。一吕二赵三典韦，四关五马六张飞。"

"对。"

很多道理是相通的，正经学出来的东西，没有性情在，没有一样是能用上的真功夫。在街上打架，练习勇气。在视窗里挖地雷，练习逻辑。谈个姑娘，练习表达。先秦散文、汉赋、唐诗、宋词、元曲、明清小说、现代文学垃圾，我是从今到古，倒着修行的。看香港版的古龙、金庸认识了繁体字，然后《金瓶梅》《十二楼》，然后《花间词》《香奁诗》，然后《天地阴阳交欢赋》，最后《洞玄子》《素女经》。我从小就怕别人逼我做什么事情，尤其是正经事。从小到大只有一次，老爸在我上小学的时候，一天心血来潮，逼我学《跟我学》。他去买了全套的教科书和录像带，他说，英文好呀，英文重要呀，咱们一起学。我学了两个星期，之后很严肃地对他说，如果你真的要毁了我，就继续逼我学吧，否则就把教科书扔了。我在这两个星期培养的对英文的厌恶，用了三年的时间才勉强摆脱。直到念到北大，从外教手上得了一本名家英译的《肉蒲团》，才领会到英文本来可以这样美丽。《跟我学》的教科书后来卖了废品，三毛钱一斤，比报纸贵，报纸两毛。录像带被哥哥拿去录了毛片，现在就锁在哥哥的抽屉里。正经毛片里，对话太少了，看上去感觉像《动物世界》，公蛤蟆抱住母蛤蟆的腰，否则满可以用来练习英文口语，肯定记得牢。我总想，应该改革毛片的拍摄观念，不完全为手淫服务。应该把故事片和毛片结合起来，毛片是故事的一个有机部分。和尚讲，佛法就是该吃饭的时候吃饭，该睡觉的时候睡觉。俗人的常规做法是吃饭的时候想工作，和老婆睡觉的时候想情人，和情人性交的时候想伦理道德。

我曾经以国学大师的口吻向那个韩国人车前子介绍过我学习中文的体会，他悠然心会。过了几天，车前子告诉我，他用我的方法，记牢了一个他记了两三年都没记住的中国字"咬"。"咬，口交。口交，咬。"车前子重复着，一脸天真无邪。

"白老师，总得给我们减少一点负担吧？天也晚了，我们也想早点洗洗，睡了。"厚朴还是不死心。

"你们不想考什么？"白先生问。

"内耳结构。六个面，单取出来太难分清了。至少别考实物。"

"好，不考。"

"腰肌、背肌。起止点太乱了。中医多好，根本不用管那么多。腰疼？好说，肾虚嘛。"

"好，不考。"

"不行，白老师，应该考，不考不公平。"女生堆里，一个声音高叫着，是上海姑娘魏妍。魏妍肯定是已经把内耳结构和九块腰肌都背熟了，觉得自己的辛苦就要白费，失去一个显山露水超出他人的机会，所以叫了出来。我知道，觉得不考任何东西都不公平的人绝对不在少数，那些人什么都会。每天下午五点吃完饭，就抱了书上七楼自习，晚上两点才回宿舍洗屁股睡觉，天天如此，什么书念不完，什么地方背不到？魏妍只是特别受不了让自己吃亏，所以不平则鸣。

魏妍是上海人。魏妍是上海人中的上海人。魏妍大处很少看得明白，小处绝不吃亏。我想这很有可能和环境有关。上海那么小的地方，那么多的人。你不抢占茅坑，就只能拉裤兜子；你抢不到最后一张手纸，就只能用过期的旧报纸，擦得满屁股的人民日报社论。魏妍是个有天赋的人。东单街上有两家音像店，一家在路东，另一家在路西，相隔几十米。新歌带上市，路东的那家卖十块钱一盘，路西的那家卖十块五一盘。但是，路东的那家，不让试听，交了钱之后才能打开听，没有质量问题不退钱。而路西的那家可以试听，如果脸皮厚，听过以后，说不喜欢，可以不要。魏妍的解决方案是，在路西的那家试听，听得有十分把握，自己肯定喜欢，再到路东那家去买。魏妍更经典的一个事例发生在一家麦当劳。魏妍逛街逛到尿意盎然，找到这家麦当劳，撒了尿，用了洗手液，洗了手，擦了脸，吹了干，补了妆，最后在柜台向服务生要了两袋吃薯条蘸的番茄酱，放进书包里，出门接着逛街。

"好，就出两道加试题。一道是列出内耳重要结构，另一道是任答两块腰肌的起止点。答对了就各加十分。"白先生说。

看实在从白先生那里套不出太多东西，有些人就先散了。这些人大致可以分为两类，一类人是这学期就根本没怎么看过书的，解剖教科书依旧洁白整齐，光鲜如新，没有一点人油污迹，比如辛夷。辛夷今晚一定是没工夫睡觉了。他一定会泡一杯浓茶，披一件大衣，在七楼自习室背一晚上了。辛夷肯定能及格。他脑子出奇地好使，重压之下，效率惊人。

辛夷入学不久就意识到自己与这个行当格格不入，他拿起解剖刀，不出十分钟就会割破自己的手，看见自己的血就会晕倒，摔到地板上就会磕掉门牙。辛夷有两颗硕大无比的上门牙，各缺一角，左边一颗缺左角，右边一颗缺右角，其中右边的缺口，就是这学期磕的。现在辛夷一笑，像极了兔子。很久以后，辛夷成功改行，偷偷告诉我，他觉得自己变态，如果一定要当医生，必然要闹出事情。有一派心理学认为，男人的初恋决定他一生的情感定位。辛夷小时候喜欢过一个女孩，女孩父母的单位出产白布，小女孩只穿白布衣服。我可以想象，那时候，在灰头土脸的北京市，在灰头土脸的人群中，那是怎样的视觉效果。长大了的辛夷看见白大衣，就会精神亢奋。我说，要是辛夷这支几十万年之后沦落为斗牛，斗牛士一定得用白布。辛夷说，阳痿的人要是都像他一样，就太好治疗了。总之，辛夷总是担心，如果真当了医生，如何和穿白大衣的女护士、女大夫共事，如何能够发乎情止乎礼，如何在长年发乎情止乎礼之后，还能保持一个基本健康的心态。即使能做到，胯下整天硬着，走来走去，总不是一件让人舒服的事情。阴茎的理想状态应该是孙悟空的金箍棒，用的时候能翻江倒海，不用的时候缩成绣花针放到耳孔里。液压升降机、折叠伞、航天飞机机械臂，都是阴茎仿生学的应用。辛夷说，他上这所医学院都是他那个龟田小队长爹爹害的。阶级决定论还是有一定道理的，至少在他爹身上适用。他爹这一支，祖上好几代都是做小买卖的，人生的最大理想就是能够一生衣食不愁。无论天上是掉馅饼还是掉板砖、炸弹，都能安身立命。基于这种理想，辛夷他爹在高考前替他填志愿的时候，全部填的是医校。无论什么年代，无论什么阶级，突然阳痿了，都会着急，都会到处找电线杆子，看老军医，所以医生是个很稳定的职业，能够一生衣食不愁。我对辛夷说，你这种悲剧还有一个重要成因是你太特立独行。如果辛夷这种变态很普遍，成为社会问题，高考体检的时候就会多出一项检查。拿一块大白布放在一个男生面前，让他注视三分钟，如果出现勃起现象，一分钟之内不消退，就是检查结果阳性。这项检查可以命名为白布勃起试验。试验阳性的男生不能报考临床医学专业、护士专业或者屠宰专业，就像色盲的人不能报考服装设计，肝大的人不能报考飞行员。所以在这个后现代的社会里，倒霉也要倒大家都倒的霉，倒了大家都倒的霉，实际上就不是倒霉。

另外一类先散了的人，是对自己向来要求不高的人，比如黄芪。黄芪也上课，也念书，也上七楼自习，但是黄芪很少努力。实际上，黄芪气定神闲，在便秘和他女友娟儿之外，从来没有太努力逼自己干过什么，从来不给自己压力。黄芪讲究的日日深杯酒满，朝朝小圃花开，他总能找到简单而精致的快乐，并且乐于为此付出代价，比如成绩不够好，教授不够赏识，等等。几年后，科研训练选题目，黄芪坚持要选那个需要用狗做试验动物的神经生理课题，尽管那个题目奇难无比，那个导师是出了名的浑蛋。黄芪说，课题结束的时候，可以杀狗炖肉，这个念头让他兴奋不已。做十个月的狗试验可以最终吃顿狗肉，是默许的权利。黄芪炖狗肉那天，胡大爷为了确保火力充足，提前半天收缴了全宿舍楼五百瓦以上的电炉。花椒、大料放进去，没多久，一楼道的狗肉香。黄芪说，吃海鲜要喝白葡萄酒，吃牛排要喝红葡萄酒，吃为试验献身的狗肉，要喝百分之七十的医用酒精。不知道是医用酒精甲醇含量超标，还是给狗用的神经药物渗透到狗肉，还是两者的相互作用，反正最后躺倒了四个人，包括黄芪和我。四十八小时之后，黄芪和我相继醒来。黄芪动了动舌头，又摸了摸胯下,硬硬的还在,然后大声命令我:"秋水,背首唐诗给我听!"我说:"床前明月光,疑是地上霜。"黄芪长长出了一口气,欣慰地说:"秋水,你的值钱东西都在,没坏。你还是秋水,我没酿成大祸。"然后倒头睡去。

黄芪喜欢北京,他能体会到北京真正的好处。我问他是不是觉得北京有一种神奇的腐朽,这样大的一块地方,这样大了这么久,仿佛阳光之下,没有太新鲜的东西,有一颗平常的心就好了。感觉太好、大惊小怪、自作多情,都很容易被人认为是傻×的。黄芪笑了,说到了北京才知道色空之间只是薄薄的一张纸。数据中,是可以分析出规律的。数据多了,规律就变得非常显眼,不会统计,不用分析,也能知道。北京腐朽的时间太长了,在里面待久了,不读二十四史,心里也会有浓浓的流逝感,感觉到规律。骆驼祥子和的车司机,绿呢大轿和奔驰600,八大胡同和八大艺术院校,青楼和夜总会,之间的区别也只是薄薄的一张纸。美人很快就会老的,英雄很快就会被忘记的,一眨眼,荒草就已经齐腰高了。我问黄芪信不信,人是有灵魂的。黄芪说,人至少是有人气的。我想,一把茶壶,茶叶在茶壶里泡过一段时间,即使茶水被喝光了,即使茶叶被倒出来了,茶气还是在的。北京是个大茶壶。太多性情中人像茶叶似的在北京泡过,即使性情被耗没了,即使人可能也死掉了,但是人气还在,仿佛茶气。鬼是没有重量的,我想,死人的人气也不会很沉吧,粉尘污染一样的，几十年、几百年、几千年，飘浮在这座城市上空，没有一时一刻停止过思考。

我有时候会忽然想到，世界常常是因为有了黄芪这样的人，才变得有些美丽。黄芪心情好的时候，会夸奖我几句，说我文字感觉好，总能表达出难以言传的东西，但是身上邪气太盛，笔到了我手里就变成了一把妖刀。我说，有了黄芪这样的人，然后才会让我这样的人写出邪气很盛的文字，然后才会有文艺评论的人仔细寻找文字之间邪气的由来。黄芪是这个食物链最本原的一级，只需要生活，不需要寻章摘句，像是河底的小虾米，只需要享受阳光和空气。黄芪认为，北京最美丽的地方是故宫的屁股——筒子河一带。那个地方离我们很近，从我们的学校，一溜达，十几分钟就到。那个地方最美的时候是夜晚。黄芪说，站在筒子河边，望着角楼，晚上如果没有月亮，他会哭泣；如果有月亮，他会勃起。黄芪说，娟儿不仅仅是胸大无脑那么简单。黄芪第一次拉娟儿到筒子河，有月亮，娟儿二十分钟没有说一句话，后来问他，想不想一起裸奔。在那一瞬间，黄芪觉得娟儿像鲜花一样美丽。这个比喻，在那时那地，稳妥贴切，毫不俗气。

还有一些人赖在白先生周围不走，希望等人都走光了，白先生能够私下透露一些在大庭广众不便透露的内容。魏妍就是其中一个。

等人走光是个挺漫长的过程，特别是当有些人抱着类似的心理。魏妍四下张望，看看有什么有趣的事情，可以用来打发等待的时间。魏妍瞅见杜仲的解剖教科书，又觉得自己吃了亏。杜仲脏兮兮的解剖教科书包了一张崭新的书皮。魏妍眼尖，立刻看出来杜仲包书皮用的是当天的《人民日报》。杜仲在家乡是有个小芳的人，家乡的小芳经常给他写信。杜仲不想让班上人知道太多，议论来议论去。又很想知道别人的情况，所以把着班上信箱的钥匙谁也不给，每天主动开信箱取信、取报纸。学校给每个班订了《人民日报》《参考消息》《中国青年报》和《北京青年报》。每天的报纸，自然是杜仲先看，然后杜仲宿舍其他人看，然后其他男生宿舍传阅。基本上，还没传到女生那里，报纸就不知道到什么地方去了。多数女生不关心国家大事，知道东单街上哪一家专卖店上了新裙子、哪家在打折，最近什么地方色狼出没就足够了，所以对能不能每天及时看上报纸不是很在乎。魏妍其实也不在乎知道不知道国家大事，但是她一算自己的损失，就觉得吃了亏。一天不看那些报纸，就吃了一块钱的亏。一年就是小四百块。八年医科读下来就是三千多块。能买好些打折的裙子了。于是魏妍每见到杜仲，就嚷嚷着叫杜仲请客。杜仲每回问她，凭什么呀。魏妍就再把那三千多块是怎么计算出来的给杜仲复述一遍。杜仲每回都说，就是不请你吃饭，就是让你心里难受。

第十三章

口会

我夹着解剖书回宿舍，穿过摆满试剂柜和冰箱的楼道，楼道浓重的老鼠饲料味道，现在才是初春，到了夏天，不知道会难闻到什么程度。楼道本来很敞阔，可以迎头轻轻松松跑两辆平板车。但是设计是四百张床的医院，住了一千人，楼道也只能堆东西了。人穷志短，马瘦毛长。资源有限，顾不到体面。饿极了，仙鹤也得炖汤。

路过胡大爷的值班室，大爷叫住我，说真巧，有我的电话。我觉得奇怪，我从来没告诉过任何人这个电话号码。

胡大爷的值班室有一部电话，白天用于工作，供胡大爷和卫生部、医科院、中华医学会等其他单位值班大爷交流信息，通报关于凶杀、色情、贪污、腐化、男女关系的最新谣言。晚上，胡大爷心好，把电话的一个分机拿出值班室，放在楼道靠值班室的一张小桌子上，与同学们分享，为大家发展男女关系创造条件。这部电话绝对是热线。从晚上五点到两点，经常被人占着。冬天的时候，接过话筒，常常是热乎乎的。有一回，厚朴打了一个电话回来，一脸幸福状，告诉我们，在他打电话之前，一个低我们两级的漂亮小师妹刚刚打了半个小时，厚朴接过电话，清楚体会到那个小师妹小手的温暖、脸蛋儿的柔软以及头发的清香。我们一起说，真是变态。

占着电话煲粥的，是五六个活跃的女生，包括永不吃亏的魏妍。就这个小群体的整体而言，应该算是标致。她们都有个小巧的呼机，贴身携带。夏天，回电话前，撩开小衫，查看电话号码，常能瞥见纤腰一转，肉光一闪。她们脸皮多数很厚，即使身后站了七个人等电话用，也能从容不迫，细述风花雪月。胡大爷说，既然她们喜欢啃，以后买个猪蹄形状的电话机给她们。我说，没用的，应该买个带小手的，每隔三分钟就伸出来，扇一个小嘴巴，骂一句"口什么口？贫不贫哪？"在某些瞬间，也会有电话打进来，找某某女生，胡大爷就叉了腰板，在楼道里高喊，谁谁谁电话！总让人想起，古时候的老鸨，高喊，谁谁谁接客。接电话的这几个人，可以说是这楼里女生的尖尖，比占电话打的那几个，自然指数高出一级。可以想象，能打通这么热的电话，要费多少工夫，要有多大的耐性，心里的欲火要烧到什么程度。能让外面的男人欲火烧成这样的姑娘，该有多么动人。辛夷觉得从来没被胡大爷喊过接客，很没有面子，对女工秀芬的爱情又被龟田小队长父亲扼杀，穷极无聊，花了五十元钱，在

《精品购物指南》上刊登了一则征友启事。我替他拟的文案：精壮男子，二十出头。在读博士，杏林妙手。前途无量，有戏出口。能掐会算，该硬不软。形容妙曼，媚于语言。但为君故，守身不染。征友启事后面，留下了胡大爷值班室的电话。之后的两个月，胡大爷经常在楼道里高喊，辛夷电话！辛夷那阵子，所有时间头都昂得高高的。最后，胡大爷感觉到了蹊跷，觉得辛夷不是在操纵一个规模巨大的男色集团，就是在从事拐骗妇女的下流勾当。本着治病救人、防微杜渐的原则，之后再有人打电话找辛夷，胡大爷就告诉她："你找辛夷？你真的不知道？辛夷在中央美院扒女浴室、耍流氓，被公安局抓起来了。"

我走进胡大爷的值班室，从桌子上拿起电话。

"你好，我是秋水。哪位？"

"我是柳青。秋水，你好吗？"

"嘿，怎么会是你？你怎么知道这个号码的？你怎么打得通？"

"如果你有心找一个人，你总能找到的。我交代我秘书，今天就干一件事，打通你的电话。我让我秘书从早到晚打，打不通就别下班，就不能拉男朋友逛街。"

"嘿，怎么样？你今天听起来，精神好了很多？是不是要做妈妈了？要不要我给你安排一系列产前检查？"

"秋大夫，你别咒我。我打电话是要谢你的，还有你那个卖打胎水的大师兄。我今天倒霉了，事情过去了。"

"柳姐姐，我说你心事重重的，不会那么挺，一枪中的。我师兄卖的是矿泉水，尽管是喝打胎药用的，那也是矿泉水，不是打胎水。你想怎么谢我？"

"我想请你吃饭，我想见你。"

"那我可要横刀一斩了。我要吃大餐。"

"没有问题。"

"你先别答应。做医生的虽然穷，但是还是经常有人请客的。我们虽然还没做医生，但是还是有机会跟着我们老师蹭饭的，知道什么地方贵。"

"没有问题。你点，我付账。我想见见你。"

"三刀一斧？"

"行。"

"美味珍？谭家菜，黄焖鱼翅？"

"没问题，吃什么都行。我想见见你。"

"也请我王大师兄？"

"他，我以后单独再请吧。我想见见你。"

"那好吧，我明天考试，考完给你打电话。"

"好，我等你电话。明天好好考，拿个五分。"

"一百分满分。你好久没考试了吧？拿五分就不及格了。"

"听上去已经很遥远了。不管怎样，好好考试。考完给我打电话，我们去吃大餐。"

挂了电话，回到宿舍，辛夷、黄芪、车前子和王大师兄都在。辛夷、黄芪和车前子几个一定是被王大师兄拉住的。王大最热衷的活动就是拉小师弟们聊天，拉小师妹们跳舞。王大没事的时候，就坐在宿舍里，面前放一大塑料袋瓜子，宿舍门大开，一边嗑瓜子，一边看哪个人从他宿舍门前走过，如果是小师妹，稍有姿色，就问她想不想到JJ去跳舞；如果是小师弟，稍有趣味，就问他想不想一块儿嗑嗑瓜子，瓜子是正林的，又香又脆。王大总想住到我们宿舍来，他觉得我们宿舍是这个楼里最有意思的。他怂恿过厚朴好几回，想和厚朴换床，但是厚朴就是不干。王大说，你不和我换，我也要用你的床。

王大现在就像一座肉山似的坐在厚朴床上，厚朴的床帮深深地打着弯。王大腰带十围，颓然自放，从来不系紧，像呼啦圈似的吊在腰间。在国内，正式商店里，王大买不到合适的腰带。他得去街边小摊。小摊贩面前摊一张牛皮，客人要多宽、多长，就用刀子割下多宽、多长，然后拿一种特制的中间有孔的锥子在皮带上打眼，最后卡上客人挑的皮带环。小摊贩卖各种皮带环，CK、登喜路、华伦天奴，没有一种是真的。但是王大还是喜欢去正式商店，尤其是名牌专卖店去买腰带，这一行动渐渐成为他的一种爱好。名牌专卖店的导购小姐大多眉目姣好，王大喜欢在眉目姣好的姑娘面前将裤带松来宽去，而且最后可以体面地不买，一点也不用破费。

我给他们讲了魏妍死活要看杜仲包皮的故事，几个人笑死过去，王大把厚朴的床压得吱嘎乱响。王大说我来得正好，他们刚才讨论了一下，嗑了一斤瓜子，决定有所行动。

"我们要成立一个协会。需要你这个学生会主席批准，并且我们决定，你来当这个协会的第一任会长。"王大对我说。

我瞅见堆在这几个人面前小山一样的瓜子皮，厚朴拿回来的五色头骨半埋在瓜子皮小山里。"什么协会？"

"口会。"王大说。

"这算什么协会？"我问。

"当然是协会。以口会友，以口明志，以口行天下。"黄芪说。

"咬，口交。"车前子插话。

"车前子，不许胡说。你学你的中文，表现好，我们收编你为口会的外籍会员。但是不许你用你的流氓中文学习大法玷污我们口会的名头。"辛夷教训车前子。

车前子很好脾气地讪笑着，继续嗑瓜子。车前子已经四十出头了，他在韩国有两家四百张床的医院。车前子说，他喜欢开医院，开医院是行善，他喜欢看见小孩子生下来，小孩子让大人的行为有了目的。他开医院，应该了解医学是怎么一回事情，所以这么一把年岁还来念医学学位。车前子以前是韩国某个特种混成旅的武术教员，我想大概是林冲那种角色。车前子是跆拳道黑带高手，他说打人不好，他说很小很小的时候，看见死人，很多死人，汉江都被血染红了。车前子说，死人很难看。车前子带着一个老婆和两个儿子来到北京，在丽都附近租了房子，雇了司机，天天接送他上下学。车前子的儿子狡猾可喜，正是上房揭瓦碎玻璃的年纪。车前子说，孩子让他觉得，一切值得，让他的脾气变得分外好。我替他攒了个电脑，顶尖配置，二十四倍光驱，立式机箱。每次他回家用电脑，两个儿子就死活要一前一后坐在机箱上，看他工作学习，和他捣乱。他有一天告诉我，电脑坏了，能不能修。我说，不要坏了我的名声，才装机没三个礼拜呀！车前子很好脾气地讪笑着说，不是机器的毛病，他的小儿子坐在机箱上，捅开了光驱门，一屁股跳下来，光驱门自然被坐折了。没有关系，如果没有办法修，就再装一台主机，还要立式机箱，两个儿子一人一个，坐上去不挤。我们曾经用尽伎俩，想让车前子露露功夫。后来发现，让车前子出手，这比让柳下惠或是鲁男子强奸魏妍还困难。有车前子在的时候，我们每到一个酒吧，就横着膀子走路，斜着眼睛瞪人，嘴上念叨"找碴儿，找碴儿，找碴儿打架"。唯一见车前子显山露水，是在一个日本人经常出没的酒吧。有个形容猥亵的日本人，大概是喝多了，龟头肿胀，觉得自己很壮伟，用日本话大声唱歌。我听不懂，但是车前子的脸色变得很难看，开始用朝鲜话唱《阿里郎》。车前子跟我讲过，这首歌是他们的一首民谣，日本占领的时候，哪个韩国人敢唱这首歌，被日本人知道，就会被杀头。车前子的内力雄浑，日本人的声音很快被淹没。日本人忽然用中文向车前子喊："住嘴，再唱杀了你！"回手把酒瓶砸向车前子。我没有看清楚车前子的腿是从什么地方踢出来的，他脚尖一掂酒瓶底，酒瓶飞向日本人头顶的天花板，没听见什么响动，只见半截酒瓶没入水泥的屋顶，酒瓶完好无损。日本人抬头愣愣地看了一眼没入屋顶的酒瓶，一动不动。我想，他的酒应该醒了。

"我们共同选举秋水为第一届口会会长。"辛夷说。

"为什么选我？"

"组织上信任你。"辛夷说。

"口会都做什么呢？"

"选一个题目，大家胡说。以口交友，以口会友。其实我们也可以高雅一些，叫真理会，真理不是越辩越明，越口越明吗？但是我们不想涉及政治，而且口会好记。"黄芪说。

"每次可以有一个核心议题，但是绝对不禁止并且提倡跑题。希望每次活动健康有教育意义，但是绝对不禁止而且提倡怪力乱神。"黄芪接着阐述宗旨。

"我提议，今天的议题是：明天考完试，你们都到哪张床上扎小针。"王大建议。

"我反对。你不能因为我们班花师姐不在你身边，你没有正常性生活，就喜欢窥探师弟们的个人生活。这是低级趣味，而且是一种衰老的表现，街道大嫂最喜欢打听别人的房事。"

黄芪批驳王大。

"而且我没有床可以扎小针，我真失败。我不是学医的材料。我不知道自己能干点什么。"辛夷忽然伤心起来。

王大见自己破坏了气氛，赶快弥补："辛夷，你千万别伤心。自古英雄出邪路，那种干吗都行，见谁都想睡的，最后不会有出息。你觉得学医不适合你，说明你在思考，你没有停止追求。不像黄芪，浑浑噩噩，干什么都觉得不错，哪个姑娘都软和。捡到篮子里就是菜，烂梨也解渴。"

黄芪怒道："王大胖子，你可以安慰辛夷，但是不能通过贬低我来达到目的。你甚至可以贬低我，但是不能贬低我女朋友。"

"你的逻辑不严谨，不是做科学的好脑子。娟儿当然是心坎。我没有说娟儿是烂梨。有荔枝，你当然也吃了，当然也解渴了。我的意思是说，你拿烂梨也能解渴。"王大解释。

"反正你在骂我。"

"不提你了。辛夷，原来我们班有一个姓毛的兄弟，风格跟你挺像。你毛大师兄也是觉得学医入错了行，浑身别扭。整天在楼道里转悠，看谁没在看书，一起口一口。那时候，咱们学校周围的小饭馆都认识他，他吃的次数太多了。这么说吧，毛大在任何一家小饭馆吃碗面条，擦擦嘴就走，不给钱，没人会嚷嚷。实习的时候，有一次内科大查房，几乎所有的大脑袋都在，那些可是常给上级领导看病的主儿。当时的内科主任和毛大对上眼，问他：'你是住院大夫？''是。''医大的？''是。''问你个问题，什么是肾病综合征？''就是，就是把所有肾病都综合起来。也就是说，这个病人把所有肾病都得了。'内科老主任五分钟没说出话来，真的，气得五分钟没说出话来。周围人没一个敢出声。主任最后说：'你知道哪边是北吗？'后来毕业分配，谁都不要他。放射科没人去，都怕影响生育能力，没办法，要了毛大。一年之后，还是给毛大开除了。前天，我上妇科手术，听一个主任说，毛大是咱们医大有史以来最有钱的人，现在有两辆奔驰。这些年，他一直干放射科用的医疗仪器，现倒二手旧货，在做代理。"

"我当务之急是嗅个姑娘。否则，考完干什么去呀？否则，守着厚朴在宿舍糗着，很容易变态的。"辛夷掀开那个五色骷髅，从瓜子皮堆的下面，抽出张《精品购物指南》来。自从辛夷在《精品购物指南》登过征友启事后，对这张报纸就特别有感情，总认为能从中发现些金子，用他自己的话说，就是："不会所有登广告的人都跟我似的无聊吧？"

"这儿有个'凰求凤'专栏。有个不错的，'年轻美貌，懂生活，重情意'。还留了呼机号码。"

"用胡大爷的电话呼她一个。"黄芪开始唯恐天下不乱。

"姑娘条件不错。"王大又仔细读了一遍广告的内容，"属于'三非'。初审通过。""三非"反映医学院中一派主流观点，他们提倡的一个基本泡妞标准就是非医非护非"鸡"。就是说，泡妞应该主动，不应该偷懒，不应该在周围医生、护士中找，不应该在大街上找。

"大爷的电话打不进来。人家试几次就知道是公用电话，立刻对辛夷失去兴趣。"我说。

这时，王大从裤兜里把手掏出来，手里是一个体积庞大的老式摩托罗拉手机。

"牛×。哪儿弄的？"辛夷问。

"借过去同学的。我打算这个周末去人大英语角，决定找些装备，震震他们。你们谁有兴趣跟我去？"王大说道。

我拿过手机，按照《精品购物指南》上留的号码拨通了呼台，告之了呼机号："我姓辛，辛弃疾的辛，听不明白？辛苦的辛。全名？辛夷。夷？'师夷长技以制夷'的夷。听不明白？你显示'阿姨'的姨好了。留言，心情澎湃，难以平静，请速回我手机，对，手机。号码是90917229。"我转手把手机塞给辛夷："电话响，就接。行动能力要强。"

"小会长就是有能力。"王大笑着夸我。辛夷怀里抱着那个手机，好像怀了个小兔子或是鬼胎，局促不安。

"小会长，我也有个难题。"黄芪跟着起哄，"娟儿说，她父母要见我，知道我学习忙，所以希望我考试之后能去一次。"

"好事情。进入实质阶段，家长参与，准备套牢。"

"我去她家买点什么？穿什么？说什么？做什么？待多长时间合适？我希望能提交口会讨论。"

"你应该都会呀！"王大以过来人的姿态，幸灾乐祸。

"我又不是你这样的流氓，我为什么什么都会？"

"第一，要嘴甜。这点你要向秋水学习，秋水喝粥从来不加糖，我喝粥也不加糖，用秋水的嘴在粥里一涮，粥就甜了。"

"秋会长，提供一个范本吧。"

"比如，进娟儿家，见了娟儿妈，可以说：'伯母，我见了您才知道，娟儿为什么这么漂亮。'见了娟儿爸，可以说：'伯父，我见了您才明白，娟儿为什么老看不上我了。'见了娟儿的妹妹，她有个妹妹，对不对？你可以说：'为什么我认识的不是妹妹而偏偏是姐姐呢？'"我发挥我的想象力。

"我一个好孩子就是这么被你们变坏的。"黄芪得了经书，就开始骂和尚。

"你如果再这么假下去，会被开除出口会的。"

这时，辛夷怀里的手机响了，辛夷挣扎半天，终于捅开了电话："你好，我是辛夷。不是，我是男的，我不是辛姨。我叫辛夷。夷，'师夷长技以制夷'的夷。听不明白？阿姨的姨的右半边。我没有房子。你有？但是要加钱？三百元一次加五十元房费？现在就带钱过去？"辛夷"咣当"把电话撂了，喘了几口粗气，然后看了看我们，说："是'鸡'。"

第十四章
一地人头

事情有开始就有结束，就像你脱了裤子也就离穿上裤子很近了。考试终于开始了，人体解剖的试卷摊在面前，我清楚，考试很快就会结束了。

考试按惯例在解剖室进行，鼻子里是福尔马林的气味。考试分实物和笔试两部分。笔试和其他考试没有区别。实物考试，每人发了一张纸，用夹子夹在硬垫板上。一共十道题，考的都是人的大体结构。学号靠前的十个人拿了夹子，先进考场，像是端了托盘到餐厅吃自助餐。考场里十道题的实物半圆形排开，我们按逆时针从第一题答到第十题，每人在每个题的实物前只能停留十秒，然后向下一道题转移，不能回头看，更不许交头接耳。十道实物题，白先生没作怪，题目中规中矩。考了几块重要的肌肉，肌肉被剥离得很开，起止点以及和周围的关系一清二楚。肌腱用线绳拴了，线绳上有纸签标明题号。考了几个重要器官的主要组成部分，没有涉及生殖系统等下三路。考了股骨头、一块耳骨，以及囟门。

那是一个小孩的头骨，囟门还没有愈合，软软的，用粉笔圈了，旁边注了题号。大家基本上都在五秒之内答完每一道题，然后互相看看，挺得意的样子。厚朴好像总觉得题目里面有陷阱，越是看上去容易的题目，越可能暗藏杀机。厚朴使劲拽拴着肌肉的线绳，想看看上下左右前前后后藏着什么。白先生说："厚朴，你住手，线绳的位置变了，后面的人就没法答题了。没什么好看的了，再揪，整块肉都快被你揪下来了。"

实物考试完毕，我们被带进另外一间屋子考笔试。我们发现笔试题目刁钻，白先生开始胡说八道。厚朴坐在我旁边，显然是有想不出来的题目，我听见他的大脑袋吱吱作响，好像连续打开好几个大型应用程序后的计算机硬盘。杜仲讲，厚朴思考的时候，往往呈现大便干燥时的体态和神情。简单地说，就是蜷缩了身子，皱了眉头，一副刚刚死了舅舅的样子。一只手抚摸着脸上某个正处于生长期的大包，突然发力又蓦地松开，试探着推断着挤包的角度、力度和时机，另一只手死劲儿攥着笔，仿佛能挤出什么答案。

而且，厚朴在不停地哆嗦。厚朴和一般的胖子不一样，一般的胖子，比如王大师兄，一激动，脑门子就渗汗。厚朴紧张，不渗汗，只是哆嗦。厚朴的哆嗦，仅仅局限在下半身，上半身一动不动。这种哆嗦只让旁边的人心烦，距离远了，一点都不察觉。

厚朴还在哆嗦。他的脚前面，桌子底下，是个巨大的玻璃缸。我们大体解剖课快结束的时候，分配给我们的尸体已经被解剖得七零八落了。最后一个步骤是把颅骨打开，将大脑取出来，留到我们下学期上神经解剖课使用。所有取出来的人头都存在厚朴脚前面的大玻璃缸里，浸满了福尔马林液。玻璃缸使用好多年了，一定泡过成百上千个人头，长年没人清洗，从外面看上去，黄绿、苍白而肮脏。我看着厚朴难受，正想要不要问他哪道题不会，索性告诉他我的答案，省得他一直哆嗦。但是又想，我也不确定自己的答案一定正确，要是厚朴听了我的，把他原本正确的答案改错了，他得念叨一年。忽然一声巨响，原来厚朴在哆嗦的过程中突然一个膝跳反射，一脚踢在装人头的玻璃缸上。厚朴穿的是双厚重的大头鞋，使用多年已经老化的玻璃缸当即裂成五瓣，里面的人头被福尔马林液泡久了，弹性很好，像小皮球似的，连蹦带跳，散了一地。福尔马林液流了一屋子，那种特有的气味立刻让屋子里的人鼻涕眼泪齐流。

屋子里立刻乱成一团。惹了祸的厚朴，下半身全让福尔马林弄湿了，一条裤子没几块是干净的。辛夷喊："厚朴，你还不快去厕所换裤子？迟了，你的小和尚就会被福尔马林泡硬了，蛋白变了性，就再也软不了了。你别笑，老挺着，也是病。而且被福尔马林泡硬了的那种硬，是又硬又小的硬，不是又硬又大的硬。"白先生喊："厚朴，又是你。赶快去地下室，我的宿舍。我有洗干净的裤子，你先穿。内裤就先别管了，换裤子吧。你还嘟囔？还不赶快去？对了，我宿舍桌子上有考试答案，你不许偷看。你要是偷看，我把你脑袋剁下来泡在福尔马林里。"厚朴的嘴一直在嘟囔，谁也听不见。我知道他肯定没责怪自己，他要是有这种自责之心，成不了现在这样的胖子。厚朴一定在抱怨，为什么题目那么难，否则我会哆嗦吗？否则我会踢破人头大缸吗？我的女友是班长，她从门后拿了墩布把地上的福尔马林擦干净。魏妍去了趟女厕所，浸湿了手绢，捂了鼻子，抢时间，继续答题。几个男生、女生满屋子找人头，捡回来，找个新玻璃缸，重新装了。人头金贵，太难找了。缺了太多，以后的神经解剖就没法上好了。好些医学院教学没有真货，就拿塑胶教具替代。真正人头和塑胶教具是有区别的，就像鲜花和塑料花，这种区别是天壤之别。塑胶教具教出来的外科医生，上了手术台神经和血管都分不清楚，把输尿管、输精管当成结缔组织一刀切断，事所难免。塑料花用多了，必然自私自利，不懂怜香惜玉，对大自然缺少敬畏。有的男生一手拿了一个人头，有的女生两手却捧回了三个，跟白先生邀功："白老师，我捡了两个！""白老师，我捡了三个！"

这种认真大气的态度要归功于我们从小接受的平民教育。我们从小就讲"五讲四美三热爱"，小学的时候讲到讲卫生，老师们就动员我们去消灭方圆五里的苍蝇，显示学校也是一股不可忽视的地方势力。小学老师从来不相信我们能主动做任何有益于社会的正经事，我们也从来没给老师任何可以相信我们的理由。我们考试作弊，上课说话，下课打架，议论女生的乳房发育，互相充当彼此的爸妈模仿家长签字。小学老师讲，既然要消灭苍蝇，就要落到实处，就要严格把关，就不能像"三年自然灾害"的时候一样搞浮夸。打死一只苍蝇，就收集一只苍蝇的尸体，带到学校给老师检查，在上午第二节课后，加餐前，清点数目，有十只苍蝇尸体的，得一面小红旗；有一百只苍蝇尸体的，课间操的时候，上领操台站立五分钟，接受大家的景仰；有一千只苍蝇尸体的，戴大红花，扭送到区里介绍灭蝇经验，学期结束的时候，评选三好学生优先考虑。我们的积极性被极大地调动了，各家的火柴盒和味精桶都被腾空了装苍蝇尸体了，每天的前两节课都没心思上了，就等第二节课后，当着老师的面，手把手，一只一只点苍蝇。明面上的苍蝇很快就被消灭光了，我才得了一面小红旗，我们楼下的三妞子都上领操台站了三回了。家长下班的时候，我站在阳台上，看着灰头土脸的人、没头没脸的人乌泱乌泱地从起重机械厂、通用机械厂、光华木材厂、内燃机厂、齿轮厂、轧辊厂、北京汽车制造厂、机床厂、人民机械厂、化工机械厂、化工二厂涌过我家楼下，我热切地遗憾，为什么他们不是苍蝇呀？苍蝇尸体的黑市已经形成，可以用话梅、弹球、绷弓子交换苍蝇尸体，但是常常有市无价。我老爸是精工机械的专家，用铁丝和纱网给我做了个招蝇罩，苍蝇飞进去就休想飞出来。为了吸引苍蝇飞进去，我把全家的臭东西都搜罗来了：老爸的鞋垫、哥哥的袜子、我的大脚趾泥（当时我还不认识厚朴）、拾掇鱼剩下来的鱼头和内脏。但是还是没有多少苍蝇来，我很快发现了问题的症结。三妞子家太臭了，方圆五里，没有什么地方比三妞子家更臭了，苍蝇都去她们家了。她家三个女孩，没房子住，就着公共厕所的一面墙盖的临时房，三妞子家就是厕所呀。三妞子家的三个姑娘都是当男孩子养的，个个剽悍，以三妞子为甚，三妞子如狼似虎的两个姐姐，见了三妞子都只有低眉顺眼的份儿。三妞子从小小便不蹲下，觉得那样太丢份儿，她总叉开腿站着撒尿，时至今日，柔韧性都很好，横叉一劈就下去。三妞子常常受同学笑话，说她长年一身厕所味道，三妞子再打那些笑话她的人，还是这种名声，人心是不屈于强暴的。如今号召消灭苍蝇了，三妞子终于有了扬眉吐气的机会，她绝对不放过。明面上的苍蝇被歼灭了，厕所成了苍蝇唯一的集散地。三妞子下了学就往自家厕所跑，一边自己打苍蝇，把尸体装进火柴盒里，计下数目，一边赶走偷猎者。别的小孩，上厕所可以，但是不能带苍蝇拍进去。为了确保没人带苍蝇拍进厕所，三妞子常常尾随别人进厕所，不管是男的还是女的，以防他们从兜里掏出个折叠蝇拍或是背后藏着个什么。我明显打不过三妞子，我爸好像也不是三妞子她爸的对手，我老妈当时的势力还远没有现在这样强盛，对于三妞子，我不可能力取。我也实在不想让三妞子看我在厕所里大小便，智取也就算了。我在家里的厨房找了一小条瘦肉，切碎了在锅里炒，我加了很多黄酱和金狮酱油，又用锅铲刮了很多黑锅底下来。炒得差不多了，我灭了火，把一粒一粒黑不溜秋的碎肉放进空火柴盒充当苍蝇尸体，上面再点缀四只从招蝇罩得来的真正苍蝇尸体，第二天带到学校，妄图骗取两面小红旗，摆脱落后面貌。结果是，群众的眼睛是雪亮的，硬说我的苍蝇是假的。我说我只不过是拍苍蝇拍得狠了些，把苍蝇们拍变了形，不好辨认。群众说，苍蝇再变形也不应该有京酱肉丝的气味。结果是我被班主任当场擒获，扭送校长办公室，以前所得一面红旗被三妞子按照老师命令撕掉，上课间操的时候在领操台上罚站五分钟，接受全校同学的羞辱。最后三妞子也没戴成大红花，到区里介绍灭蝇经验。她的智力水平有限，灭蝇经验只能总结出一条，家一定要住在公共厕所旁边。但是这种经验不具备推广性，区里领导不感兴趣。

玻璃缸被踢爆十分钟后，白先生重新控制了局面，考试继续进行。厚朴穿着白先生的裤子，还是一副死了舅舅的样子，继续做不出来题。白先生的裤子上有三四个烟头烧出来的窟窿，透过窟窿，看得见厚朴大腿上的肉。福尔马林的气味依旧浓郁，我受不了，觉着待下去也不见得多答出多少。我签上名字，看了我女友一眼，走出解剖室。

事情有开始就有结束，考试就这样完了，一种流逝感在瞬间将我占据。这种流逝感与生俱来，随着时间的过去，越来越强烈。花开的时候，我就清楚地感到花谢、花败的样子。月圆的时候，我就清楚地想象月缺、月残的黯淡。拿着电影票进场，电影会在瞬间结束。阴茎硬了起来，瞬间就是高潮，然后一个人抽闷烟，然后计算后果，然后盘算如何解脱。拿着往返机票，飞往一个城市，坐在飞机上，我经常分不清我是在去还是在往回赶。如果我分不清是往是返，那中间发生的种种，又有什么意义呢？

　　我回到宿舍，桌子上还堆着王大嗑的瓜子皮，瓜子皮里埋着厚朴借解剖室的五色头骨。这些天，王大还在跟我们口来口去，但是一转眼，王大就会回到美国，在佛罗里达某个不知名的大学当个校医，用他饱含天机的传奇的手抱着他们班花或某个洋姑娘。王大开着大吉普车，他的大狗站在吉普车后座，探出脑袋，耷拉着舌头看窗外的风景。同样一转眼，厚朴就成了大教授，天天上手术，出门诊，和其他教授争风吃醋，抢科研基金、出国名额，沾药厂好处，摸女医药代表的屁股。同样一转眼，几十年过去，有一天在路上遇见我的初恋，她的头发白了，奶子泄了，屁股塌了，我说找个地方喝个东西吧，她可能已经记不得我是唯一知道她身上唯一一块痒痒肉存在何处的人，我们之间可能真的什么也没有发生过。

我有好几天的空闲时间铺在我面前，我可以做些事情，也可以什么都不做。辛夷说国贸展览中心有个国际医疗仪器展览下午开幕，不如一起去看，看看有什么好拿的，或许还能碰上我们倒卖医疗仪器起家的毛大师兄。

　　辛夷和我到了国贸的时候，展览中心已经旌旗招展、彩带飞扬、人山人海了。辛夷说，我们好像来晚了。然后拉了我的手就往展览馆里冲。

　　在我的印象中，再没什么人干的事情，其实也有乌泱乌泱一大堆人在忙着：追星的、梦游的、攒邮票的、攒粮票的、收集纪念章的。听说上海有个收集古代性器具的人，常年独自劳作，感觉寂寞，于是办了个展览，开了个全国古代性器具收集者大会，结果有三万多同志到会，互相交换藏品，最后决定成立个博物馆。在北京，就有一批专业展览参观者，数以十万计。打着拓宽知识面的旗号，他们什么展览都参加，从污水处理到现代兵器，从纺织机械到皮草时装。他们不辞辛劳，挤公共汽车，莅临各个展会，争先恐后地扫荡各个展台，搜罗免费的印刷品、介绍材料、塑料袋、纸袋、印着广告的铅笔圆珠笔、鼠标垫、垫板、笔记本、橡皮、纪念章、短袖衫、太阳帽、雨伞、咖啡杯、烟灰缸、火柴、瓶子起子，然后兴高采烈地回家，向亲朋邻里显示成果，证明这些亲朋邻里这么多好东西免费都不拿，绝对是傻×。运气好的时候，展览参加者还能获得一些不常见的大件，比如缩小了一千倍的法拉利汽车模型、戴半年准坏的石英表、温州出产的仿夏普计算器，够吃两个礼拜吃完了就上瘾的哮喘药样品。辛夷有一次去医药博览会，骗了个巨型硬塑料伟哥镇纸回来，硬塑料里包了颗小指甲盖大小的浅蓝色伟哥药片，镇纸下面除了药厂的大名还印了两句让人热血沸腾的话：克服障碍，感受幸福。辛夷摆在床头，假装另类，说喜欢这句话的其他含义，说这个药片摆在他床头，和他澎湃的性欲形成反差，很酷的感觉。我们告诫他，要对自然充满敬畏之心，有些毫无道理拥有的东西，也可能在一瞬间毫无道理地失去，比如天天晨僵数小时不软的辛夷突然发现硬不起来了。到那时候，人们看到辛夷床头的这个巨型硬塑料伟哥镇纸，肯定心怀怜悯，称赞辛夷身残志坚。

　　辛夷说，我们好像来晚了。他的言下之意就是印刷品、介绍材料、塑料袋、纸袋、印着广告的铅笔圆珠笔、鼠标垫、垫板、笔记本、橡皮、纪念章、短袖衫、太阳帽、雨伞、咖啡杯、烟灰缸、火柴、瓶子起子可能都被职业展览参加者抢没了，我们要空手而归了。果然，当我们来到大厅，各个展台已经没有什么东西摆在明面上了。我和辛夷对视一眼，了解这只是表面现象，深挖一下，肯定还有收获。我们走到一个展示麻醉设备的展台，辛夷问："还有介绍材料吗？"辛夷平时比这客气，通常会加"请问"二字，但是这种场合要是加了这二字，会暴露我们没有底气，是来骗材料的。就凭辛夷这种人事洞明、世事练达，将来必然出息，坑蒙拐骗不输传说中的毛大师兄。

"你们要材料做什么呢？"接待我们的是一个中年胖妇女，戴个眼镜，穿了一身国产套装，把全身不该显出来的肉都显了出来。中年胖妇女打量我和辛夷，一个黑瘦有须，一个白胖有须，都戴眼镜，她显然心里打鼓，拎不清我们的路数。

"当然是要了解你们的机器了。不了解我们怎么能下决心买呢？"辛夷说。

"当然当然，请问您二位是哪个医院的？"胖妇女的戒心还没消除，看来她的展台被职业展览参观者抢得挺惨。

辛夷报出我们医院的名头，胖妇女的眼睛立刻亮了起来："喀，自家人。你们郭主任前天还和我吃过饭呢。我给了他好几张展会的票，他答应来的，没准一会儿就过来。你们二位是刚分去的吧，我好像没见过，请问二位贵姓？"

"我姓辛，他姓秋。我们是刚刚分来的，才报到。"

"我给你们准备三份材料，两份是你们二位的，另一份是给郭主任的。万一郭主任不来展览，麻烦二位替我给送去，再带个好。"胖妇女一边说，一边从抽屉里拽出三个装好的袋子，又从抽屉其他地方摸出十几杆水笔，分别放到三个袋子里。"有什么不清楚、需要讨论一下的，千万来电话。我的名片夹在材料首页。"

"您别这么客气，我们刚刚到麻醉科，人微言轻，没什么用的。"辛夷反倒不好意思了。

"话不是这么讲的。你这样的小伙子，我一看见就喜欢。将来肯定有出息，不出三年，就是副主任了。我这个人就是实在，不像其他人那么势利，看人下菜碟。话又说回来了，你们刚到，买不买什么机器，买谁家的机器，可能没什么发言权。但是你们说坏话的权利和能力还是有的。看你们的样子，戴个眼镜，说起坏话来一定挺行。"

"您真是又和善又精明，生意一定红火。"辛夷不由自主地开始拍马屁。

"不是我夸，我们的机器好，信我的人也多，我从来不说空话。相信我，相信我的机器，我的生意自然不错。辛大夫，我看你也不错，要是医院干得不愉快了，出来做我这行，也一定是好手。你别笑，我不是跟什么人都说这种话的。比如我就和郭主任说得很明白，老郭，千万别想转行。你当麻醉科主任，能得意死；卖医疗仪器，得烦死。老郭有个特俊的闺女，最近怎么样了？"

我早就听腻了辛夷和这个胖女人互相吹捧，听到提起老郭大夫的女儿，顿时来了精神："小郭大夫可是我们医院的一朵鲜花呀！尽管老郭大夫年轻的时候号称我们医院四大丑女之一，但是老郭大夫找了一个如花似玉的花旦当老公，老公也姓郭。郭叔叔的基因显然比郭大夫的强悍，全灌到小郭大

140

夫身上了，没给老郭大夫的基因多少用武之地。"

"可不是，瞧人家闺女怎么长的，一朵花似的。"胖女人慨叹。

"我们辛大夫也不错呀，我们同届的女大夫在浴室听到好些小女护士、小女大夫夸辛夷，什么人长得又帅，又和善，技术又好，夸得跟花无缺似的。最近在病房，小郭大夫有事没事总找辛大夫。"

胖女人感觉到辛夷可能存在的商业价值，再次很妩媚地看了辛夷一眼："辛大夫，小郭大夫可是名花耶，连我都听过不少故事哟。"

"虽说小郭大夫是名花，但是辛大夫也是名粪呀。当初我们班上评选班花之后，为了配合班花评选活动，又举行了争当名粪活动，让名花能够插到名粪上，有所归属。辛大夫就是我们争当名粪活动中涌现出的名粪。"

"这么说辛大夫已经有主儿了？"

"你别误会。我们的班花最后插到一堆洋粪身上了。辛大夫虽然是名粪，但是吸引力还是不如洋粪。"

"我们先走了，到别处看看。"辛夷不想被埋汰得太惨，硬拉我往别处走。胖女人死活让我们留下联系电话，辛夷习惯成自然地把胡大爷的电话留下了。

在展厅很显眼的一角，我们见到了传说中的毛大师兄。毛大师兄梳了个大背头，打了发胶，油光可鉴。他前前后后招呼着，照应他的大场子。这个大场子的一角，很冷静地站着一个妇人，大手大脚大高个，一脸横肉，目露凶光，好像场子里什么事情都逃不出她的眼睛。我们对照王大的描述，料定这个妇人就是毛大的老婆李小小。李小小穿了一身鼠青色名牌套装，我姐姐告诉我，名牌套装的好处就是遮丑。李小小裹在这身套装里，竟然有一点点娇羞之态，让我觉得名牌就是名牌，为了这种效果，多花个几千元也是值得的。

传说中的李小小虽然完全存在于毛大的逸事里，但是比毛大更加生动。按照王大说法，在李小小眼里，女人原来分为两类：一类是对毛大有邪念的，另一类是对毛大没有邪念的。但是李小小很快发现，第二类的女人人数太少，分和没分一样。于是把女人分为三类：第一类是现在对毛大有邪念的，第二类是过去对毛大有邪念的，第三类是将来会对毛大有邪念的。另外还有一些交集，比如过去对毛大有邪念现在还有的，现在对毛大有邪念但是将来也不会悔改的，等等。王大老婆班花坦然承认，虽然她知道王大禀赋异常，"男手如棉，大富贵"，但是在她体会到王大双手的妙处之前，曾经暗恋毛大多年。班花认为，毛大对世界有一种简单而实在的态度，让人怦然心动——"我他妈的就这么做了，你把我怎么着吧？"然而班花对毛大的邪念因李小小在大庭广众之下的一声棒喝而消散，李小小不指名地大声说道："想和我们家毛大好，你知道我们家毛大穿几号内裤吗？"这是一个看似简单而暗含杀机的问题，班花知难而退，从此常常念叨一句话："毛大只有不在李小小身边的时候才像个男人。"从这个角度看，李小小是王大的战略盟友，李小小是很多人的战略盟友。所以王大和李小小的私交相当不错，经常从李小小处听来各种黄色歌谣和荤笑话，然后到我们宿舍来显摆，让我们知道他也是颇认识几个真正坏人的。

"毛先生。"辛夷凑上前去，两眼放出崇敬的光芒，很恭敬地叫了一声。

"您好。您是？"

"我是医大的。论辈分应该是您的师弟。常听王大和其他人说起您的事情。今天来看展览，想着或许能见到，结果真见到了。"辛夷接着说道。

"医大的，还客气什么，叫我毛大。王大这个浑蛋肯定没说我什么好话。他是不是还到处请小师妹跳舞？我待会儿就给班花打电话。守着班花还不知足，太过分了。你在医大住哪屋？"

"617。"

"我也住617！我原来睡靠窗户的下铺。"

"我现在睡你原来睡的床，床头你刻的诗还在呢。"

"小小，过来，这是咱师弟，医大的。他现在就睡咱俩睡的那张床。"毛大招呼李小小和我们见面。

"不是咱俩睡的那张床，是你睡的那张床。我上学的时候，没和你睡一张床。"李小小纠正毛大。

"嘿嘿，这件事咱们可以去问胡大爷。胡大爷经常为我鸣不平，为什么同在一张床上睡，你越来越胖，我越来越瘦。还有还有，有诗为证。师弟，床头刻的诗是怎么说的？"毛大显然心情很好，有师弟看到他一个人挑这么大的一个场子，又很崇敬地看着他，很是得意。

"一张小床，两人睡呀。三更半夜，四脚朝天。五指乱摸，溜（六）来溜去。……"

"就是嘛，那是我一句你一句，一句一句对出来的。仔细看是两种笔体，都特难看，最难看的是我的。我明天回宿舍一趟，把刻的诗照下来。将来让咱们姑娘、儿子瞧瞧，我和他们妈妈原来多浪漫。"毛大看了李小小一眼，充满深情，小小的目光也似乎温柔起来。展台周围好些人，等着向毛大询问情况。毛大和我们聊天的态度，明明白白告诉周围人"你们等着"。好像他们都不是生意，都没有我们谈"一张小床"重要。我暗想，班花暗恋毛大，不是毫无道理。

"你们都别走，等会儿，会散了，咱们一起吃饭，好好聊聊。"毛大对辛夷和我说。辛夷自然乐意，自动跑进展台，帮李小小和毛大打起下手。我正要开始帮忙，一扭头，竟然看见了柳青。

柳青所在的展台在展厅的另外一头，和毛大的展厅对着。柳青背对着我这个方向，正爬梯摸高、撅着屁股往墙上挂一块展板。尽管是背影，我肯定是柳青，我记得她的腰肢，也只有柳青能把套装穿出那种样子。她穿了一套明黄色的，头发盘起来，在大厅的灯光下，显得很高，头发很黑，整个人很明亮。我所在的学校里，好像所有姑娘都对穿衣毫不关心，仿佛美化社会环境不是她们应尽的职责似的。柳青的展台里，还高高低低站了几个男的，其中还有一个外国人，穿的都挺正式，应该也是公司的人，搞不懂为什么还让柳青爬梯摸高撅屁股。

我走过，叫了柳青一声。柳青转过头，眼睛里亮光一闪："嘿，秋水，怎么会是你？考完试了吗？考得怎么样？考完为什么不给我打电话？"

"我不是人都来看你来了嘛，你好不好呀？"我说。

"又要贫嘴。你根本不知道我在这儿。"

"我虽然不知道你在这儿，但是我想，我要见到柳青姐姐，我想得足够虔诚，这不，就见到了。"

"好了，不贫了。帮我干件正经事，你离远点，看我的展板挂得正不正？"

"挺正的。你没告诉过我你是卖医疗仪器的。"

"你也没问过我呀。"

"这不重要。我来看展览，我师兄在那边也有个展台。"我指了指毛大他们。

"哦。毛大是你师兄？我倒不知道毛大原来是学医的。"

"你们卖什么？毛大卖MRI。"我问。

"我卖流式细胞仪。"

"你是小头目？"

"我是中国总代理。"

"那是大头目。流式细胞仪是什么东西？"

"具体我也不太清楚。简单地说就是以细胞为研究对象，经过染色，能将不同的细胞分开，等等。"柳青从梯子上跳下来，把两只胳膊伸给我，"我两只手都弄脏了，帮我掸掸，把袖口再挽起来一点，还有点活儿要干。"

我替她掸了掸灰，按她的要求把袖口往上挽了挽。其实柳青没有看上去那么瘦，胳膊挺圆，挺有肉的。"要不你去洗洗手吧，剩下的我帮你干吧。"

"脏一个人手就好了，你别动。你别走，今天晚上我请你吃饭。你不是要横下一刀宰我吗？"

"不会的。你的流式细胞仪好卖吗？"

"机器挺贵，但是出结果快，不少人买。能做辅助检查，从病人身上回钱，又能出文章。"

我随手翻了翻台子上摆的材料，翻译得狗屁不通的英式中文。"那边金发碧眼的是你请的外国专家？我去问问他什么是双激光技术，什么是程序化细胞死亡。"

"他是我请来装样子的，招人的，什么也不会。你别搅我的场子，好好待会儿。待会儿咱们吃饭去。"柳青说。

第十五章

大酒

　　我们在展会上被拖了好久。柳青的展台人气很旺，柳青身上的明黄套装和柳青雇的外国白痴很招人。多数有购买力及决定权的主任被柳青的腰身所吸引，被金发碧眼所说服，对于流式细胞仪跃跃欲试。我总是不能完全理解这些主任，原本挺聪明的小伙子们，长些年纪，动些心机，当上主任，怎么就全都变得好色和愚蠢。我站在旁边，见好几个眼睛里流哈喇子的人问柳青，晚上方便不方便一起吃个晚饭，饭桌上谈谈生意。我给柳青的暗示很明确，生意要紧，我换个任何其他时候都可以宰她。柳青没理会我的暗示，礼貌地记下那些眼睛里流哈喇子的人的电话，说今天的确有其他事情，改天再联系。柳青告诉我，她要和我吃饭。

　　我没宰柳青。我们走出国贸，坐进柳青的欧宝，时间已经过了九点，路东的大厦在月光及霓虹的照耀下，依旧牛×闪闪的样子。我问她累了一天了，想吃点什么。我是无所谓的，只要不吃食堂里常吃的肉片大椒土豆就好。柳青说没有道理让被宰的人挑挨宰的地方，她说的确有点累了，胃口不是很好，找个清静些的地方，和我待一待就好。我说那好，我不要吃贵，我要吃辣，我喜欢重味厚料。柳青说，吃辣，脸上要长包。我说，柳青你现在还长包呀，青春的烦恼真是长啊。柳青点着车说，我听见猫叫还心乱呢，秋水你这个浑蛋说话要注意分寸，我学过女子防身术，第一招撩阴腿练得最熟，生起气来，一脚能把你踢出车门，即使你系着安全带。我说，那就吃些辣的，长些包吧，我喜欢看你长包，我还没见过。你别生气，我问你个问题，为什么明明是阳具，女子防身术的那一招偏偏叫撩阴腿。柳青还是沉着脸，停了停，说道，阳具又叫阴茎，亏你还是学医的，这都不知道。我说，开心些，我姑姑家下了一窝小猫，我去替你讨一只，你喜欢黑的还是白的还是又黑又白的，你喜欢蓝眼睛还是黄眼睛的还是一眼蓝一眼黄的？

我们来到的一家金山城重庆菜，馆子里依旧灯火通明，客人满座。金山城的菜单上用小红辣椒指示菜的辛辣程度，印着一个小红辣椒的属于微辣，三个属于很辣，不习惯的人吃了，哈一口气就吐出火来。我点了剁椒牛蛙、干焖虾、虎皮尖椒、乌凤枸杞汤和大麻团。我对柳青说，乌凤枸杞汤是给你点的，乌凤就是乌鸡了，乌鸡是黑的，枸杞是红的，按中医的说法，黑不溜秋颜色偏暗的东西都补血，你正倒霉，又累了一天，应该补一补。柳青说，认识个学医的就是好，我要是有个儿子，我一定要他学医，一辈子就有人照顾了。柳青说完，忽然想起些什么，眼圈腾地红了。我想惹祸的核心词汇应该是"儿子"和"照顾"，人觉得委屈才会伤心。我不知道如何安慰她，索性不说话。

这家金山城在燕莎附近，燕莎附近集中了北京的声色犬马。燕莎附近有长城饭店、亮马饭店、希尔顿饭店，有夜上浓妆、滚石，有数不清的酒吧和洗浴中心。肚子饿了有顺风、驴肉大王、扒猪脸，阴茎骨折了有国际医疗中心和亚洲急救中心，里面也有金发碧眼在国外混不下去的洋大夫戳门面，他们听得懂龟头的英文说法，理解用英文介绍的病情。燕莎附近的夜色更黑更肮脏更香艳。

我小时候就在燕莎附近一所叫作北京市第八十中学的地方念书，这个中学是朝阳区唯一一所北京市重点中学，毫不奇怪，学校集中了朝阳区几乎所有的少年才俊和少年浑蛋。当时，这附近没有这些声色犬马，否则像我这样热爱生活的人不可能念书念到博士，献身科学。当时，这附近连燕莎都没有。但是当时，这附近是纺织部的势力所在而且集中了各国使馆。纺织部是当时的出口创汇大户，有机会接触印刷精美的外国内衣广告。各个使馆更是居住了外国人，窗口飘散出异国香水的味道和外国发音的呻吟。所以，我所在的中学，气氛健康而活跃。在我的前前后后，我的中学培养出了各种非主流的人才，点缀生活，让世界丰富多彩。这些非主流的人物包括长得非男似女的体育明星，人称大傻的体育节目解说员，一页正经书没念过一脸学生书卷气质专让不识字男作家如痴如狂的清纯女星。

后来一个叫郭鹤年的财主推平了第一机械厂，在大北窑的西北角建了国贸中心（后来，大北窑桥也改叫国贸桥了），这附近外国人开始多了起来。他们比我们高大威猛，他们不穿秀水街卖的POLO衬衫，他们用香水遮住狐臭，他们在干同样的事情挣我们十倍的钱，他们周围是操着蹩脚英文心里想把他们钱财通通骗光还骂他们妈妈的我们，他们体力充沛但是没有家小，他们住在没有生活气氛的公寓和酒店，他们不违背原则购买盗版VCD就看不到自己国家的大片，他们空虚寂寞，他们每到夜晚脱了内裤拔枪四顾心茫然，他们是坏了一锅汤的那一马勺。过去那些使馆里的外国人，他们即使一样心怀鬼胎，即使有外交豁免权可以干了坏事不擦屁股就跑，但是他们往往拖家带口而且事业心浓重，不敢置自己的名誉和前途而不顾，阴茎不敢随便骨折。

总之，斗转星移，那些新来的外国人把燕莎附近渐渐变成了厕所，自己变成了苍蝇。或是自己先变成了苍蝇，燕莎附近渐渐变成了厕所。可惜三妞子已经没有了当年的凶猛，否则可以在这附近盖间房子，每天打几十个苍蝇，把尸体放进空火柴盒里，交给老师，换几面小红旗，上领操台站立，接受大家的景仰。

我和柳青的菜还没上来，吃的人多了，上菜就慢。远处靠窗的几桌，散坐数个年轻女子，妆浓衣薄，直发拂肩，表情呆板，不喝酒，闷头吃饭。远远望去，我觉得她们十分美丽。其中一张桌子，两个艳装女子，一个白面男子。我拿捏不好那个男子的身份，不知道是鸡头还是恩客。两个女子面前一巨盘火爆腰花，一口腰花一口米饭，恶狠狠地吃着。我无法判断，贡献腰花的猪是公是母。我看了一眼柳青，柳青看了一眼我，我们心会，这些应该是上班前吃战饭的职业妇女。我望望窗外，她们吃完饭就会走到街上，不急不忙，腰花在胃里消化。她们飘荡在燕莎附近的夜里，飘荡在燕莎附近的空气里。她们妆浓衣薄，直发拂肩，香水浓郁，她们通过视觉和嗅觉调节路人的激素分泌，她们等待在这附近行走的火爆腰花。她们随着路灯的远近忽隐忽现，她们随着街上的车灯闪烁，她们点一根细长的香烟，打火机同她们的面目随即熄灭，她们搭讪一个路人，那个人蓦地消失了。她们像萤火虫一样忽明忽暗，让这附近的夜更黑更肮脏更香艳。在这早春的夜晚，我闻见腐朽的味道。

柳青的确累了，喝了碗汤，没怎么动筷子。我是真饿了，就着剁椒牛蛙和虎皮尖椒吃了两碗白饭。柳青闲闲地剥了两只虾，左右蘸透了盘子里的汁水，放进我的碗里，她的眼光淡远。我说干吗那么客气。柳青说闲着也是闲着，忽然又问我，有没有人说我很和善。我说只有人说我很浑蛋。柳青闲闲地说，她第一次见我就觉得我很和善，很真诚的样子，瘦瘦的、坏坏的，有时间应该疼疼我，所以闲着没事，剥虾给我吃。我吃着顾不上说话，柳青接着又说，其实不是这个样子的，我是个浑蛋，告诉我不要得意不要自作多情，她讨好我的真实目的其实是又有求于我。

"这样我就放心了，否则我还会怀疑你是垂涎我的美色呢。我的原则是卖艺不卖身，如果你真是垂涎我的美色，我又是这样对你充满好感，让我很难做人。"我还在吃。

"你浑蛋只浑蛋在你的嘴上，还有支配这张嘴的脑袋的某个部分，否则应该是个挺乖的小伙子。你说话要检点，我怎么说也是你的长辈，我很老很老了。"

"你不老，你吃了辣脸上还长包呢，听猫叫还心乱呢。人常常会发育出很多恶习，最常见的就是好为人师和妄自尊大。"

"你英文好不好？"

"我问你一个问题，不管我是浑蛋还是模范，你觉得我聪明不聪明？"我没有直接回答柳青。

"你很聪明。"

"我能不能吃苦？"

"我觉得你没吃过什么苦。你们这拨人可能底子比我们这拨人好，教育上没耽误过什么，但是我们比你们能吃苦而且吃过苦。"

"错。我很能吃苦。苦其实有很多种。扛大包，卖苦力，是一种苦。这种苦，我虽然没吃过，但是我也能吃。反之，我吃的苦，卖苦力的人不一定能吃。《汉书》上记载，董仲舒求学期间'三年不窥园'，也就是说念书念得入迷，三年以来，花园里天天有姑娘光了屁股洗澡，但是董仲舒看都不看一眼。我中学的时候，读到这儿，总是不解，这有什么呀，我也行呀，还好意思记到史书里去让后人追思。上了大学，心智渐开，世事渐杂，我们楼下有姑娘光屁股洗澡，我一定会跑去看了。但是，我每天下午五点去自习，晚上一两点回宿舍睡觉，常年如一。我有我的屁股为证。我每每在浴室的镜子里看见我的屁股，每每感慨万千，将来有机会，我可以给你看看。别人的屁股是圆的，我的屁股是方的，这么多年来坐方的，是不弹起来的那种方，屁股没有弹性了。别人的屁股是白的，我的屁股是黑的，这么多年坐黑的，色素坐得沉积了，是白不起来的那种黑。你别笑，别不信，我将来给你看。现在虽然不能给你看我著名的屁股，但是我可以给你看我的中指。你看我的中指和你的有什么不同？告诉你，我的中指是弯的。原来没有电脑，写字写多了，用力大了，时间长了，中指就弯了。"

"既然你这么坚持，我将来一定要看你的屁股。你说了这么多，你的英文到底好不好？"

"很好。口语我不敢夸口，我中文太好，思想太复杂，又没交过美国女朋友，英文口头表达不是十分顺畅。在北京待的时间太久，说话习惯不把嘴张开，英文带北京口音。但是，我初中就能读原文版的《名利场》，患有背字典强迫症，你雇的那个揽生意的洋人，会的英文词汇可能还没有我一半多。"我刚吃完两碗干饭，开始自夸。

"好，我有些专业的英文东西需要找人翻译，我希望能翻译得像中文。我的秘书找了几家翻译公司，都说干不了。"

"你是找对人了。我们爷爷奶奶辈的教授们，从小上教会学校长大的，说英文比说中文利落。但是这些人还健在的，在国内的，都忙着给中央首长看病呢。人家不可能给你翻东西。中间这拨人，不提也罢，看洋妞兴奋，看洋文就困。再数，就是我们了。"我没有穿明黄套装，没有金发碧眼，但是我也希望能够亮丽。

"我有三盘关于流式细胞仪的录像带，需要翻译成中文，然后请人配音。我没有原文，我只有录像带，你别皱眉头，如果好做，我就不找你了。你可能需要先听写下原文，再翻译。我要得很急，我要赶一个会，你有三天时间。录像带就在我包里，吃完饭我给你。秋水，得一个教训，牛皮不是可以随便吹的。"

"火车不是推的。我能给你弄出来。"

"你如果弄不出来，我就告诉我的老板，在北京没人能弄出来，那个会赶不上了。"

"好。"

"价钱怎么算？"

"算我帮你忙吧。我吃了你的嘴短。"

"秋水，再给你一个教训，这个世界上存在两个人互相喜欢，但是不存在帮忙。你开个价吧。"

"我和你说的世界可能不是一个。我的世界有'有所不为'，有'天大的理敌不过我高兴'，有'这件事我只为你做'。不管了，今天的馆子是我点的，翻译的价钱你定吧。"

"好，英译中，翻译公司千字三百，加急五百，我给你再加倍，千字一千。"

"好。三天后一手交钱，一手交货。"

我拎着一提兜麻醉机说明书和柳青的三盘录像带回到宿舍，桌子上有一张字条，王大的字体，肥硕而凌乱："秋水，我们去喝大酒了。你看见字条，马上滚过来。我们在东单大排档，辛夷发现的一个新地儿，就在东单电话局西边一点，临着长安街。"

时间已过十一点，校门已经锁了，但是大酒一定要喝。我们的校门（还有世界上其他很多门）上锁的目的不是防止闲杂人等出入，一把锁根本防不住，而是走个形式，让真正需要进出的人多些麻烦。为了喝大酒，多数时候我们需要翻门而出再翻门而入。这种不十分正当的出入方式让我们兴奋不已，让我们的大酒多些威力，好像我们暂时脱离固有的生活，在做一件不十分正当的事情。

我们的校门三米多高，铁质绿漆，顶端为梭镖头状。翻的时候不能十分大意，否则梭镖头戳下体，即使不出血也会胯间软组织挫伤，走路的时候下体沉重而疼痛，一步一颤，让人怀疑是否性交过度。我翻过大门的时候，月光很好，"勤奋、严谨、求精、献身"的八字校训在月光下隐隐发光。值班室的白炽灯亮着，校卫队队长带着几个校卫队员在值班室打扑克，争得脸红脖子粗的。

我们的学校建在东单和王府井之间，虽然学生难以心无旁骛，但是喝大酒却十分方便。东单和王府井之间不仅有事儿事儿的王府饭店、找俩黑人穿个白汗衫把门就冒充高档色情场所的和平迪厅，还有很多小馆。喝大酒要到小馆去，大馆子不行。大馆子太贵，为假装漂亮的环境和假装高雅的服务小姐，一瓶酒多付十瓶酒的价钱，喝得兴起，下月的伙食就没着落了。大馆子事儿太多，说话声音不能太大，说话内容不能太怪力乱神，不能随地吐鱼刺，不能光脚穿鞋，喝到酒酣不能光膀子，喝到一半就把灯熄了说"下班了下班了"。大馆子不许喝醉，保安一个比一个壮，经理一声令下，就能把我们一手一个扔到大街上。假装高雅的服务小姐好像骨子里一个比一个淫荡，但是你一个眼神不对，她们都要喊"抓流氓"。台布那么白，地毯那么干净，我们自己都不好意思喝高了吐在上面，这种自己管束自己的心态最可怕，这哪能叫喝大酒呀。小馆子才好。东单和王府井的小馆很多，它们有很多共性。它们都脏，都乱，都拥挤，都鼓励喧哗，都没什么好吃的。它们都便宜，都有普通燕京啤酒，都不贵过两块五一瓶，啤酒都凉。它们都没有固定下班时间，我们在，生意就在，灶台的火就不灭，等着我们点摊鸡蛋。它们都很勤地换老板，换得比东单专卖店的服装换季还快。它们都不论菜系，什么都做，什么容易做做什么。它们最大的共性是都欢迎我们这些喝大酒的人。

东单大排档，最靠街边的一张大桌子，乱坐了我的兄弟们，王大、辛夷、黄芪、厚朴、杜仲都在。桌子上好几个空盘子，半盆煮五香花生、一堆花生皮、一大盘子拍黄瓜、十来个空燕京啤酒瓶，桌子下面一个啤酒箱，里面还有十来瓶啤酒立着没开瓶。好像除了厚朴，都灌了两瓶啤酒以上，脸红了，脖子粗了，脑子乱了，身子飘了，下体僵了，话多了，口没遮拦了。

"魏妍就不是东西。"杜仲声如洪钟。自从杜仲被魏妍当众羞辱之后，杜仲数次寻死未遂（按黄芪描述，悲愤交加的杜仲尝试过不撒尿憋死，喝酒喝死，电炉煮"出前一丁"的方便面被电死或撑死，等等，都没有得逞），于是寻找一切私下里的机会，羞辱魏妍，把所有黄笑话女主角的名字换成魏妍，逢人就讲，不管人乐意不乐意听或者以前听过没听过。

"魏妍可是我的心坎。"王大和杜仲抬杠，想看杜仲能恶毒成什么样子，声音响亮到什么程度。我喝了口啤酒，剥了颗煮花生，微笑着听热闹。

"你也有心？"

"我有一颗奔放的心。"

"属于闷骚型的。"黄芪插话。

"外表冷漠，内心狂野。"辛夷评论。

"你的心有几个坎？"杜仲接着问王大。

"我一颗心，两个心房、两个心室，每个心房或心室都是不规则的立方体，每个立方体都有八个坎。所以我有三十二个心坎，我有很多心坎。"我们医大，一届只有三十个学生，女生占一半或稍强，稍稍有些眉眼的，就是王大的心坎。

"我就知道你也不是东西，所以你把魏妍当心坎。我们班花师姐真是瞎了眼，插到你这坨牛粪上。"

"好多人都参加过争当牛粪的活动。"

"魏妍这种小人，我都可以想象她新婚之夜会如何表现。"

"人还是要积一点阴德的，否则即使晚上没鬼，也会有东西叫门的。"黄芪乐了一通，然后规劝杜仲。

"魏妍一个上海人，怎么能说出那么多北京土话。"辛夷觉得不真实。

"你们不应该欺负外地人。"厚朴抱不平，不喝酒，大把吃五香煮花生。

"魏妍不是外地人，是上海人。"杜仲对上海人有成见。

杜仲对于上海人的成见源于他在上海的一次经历。

　　杜仲去年暑假去上海拜见他的一个表舅，他表舅在马来西亚发财，想到上海捐些钱，用他的名字命名一座大桥，每天好让千车过万人踩，心里感觉很牛气。没有变化的话，大桥在，他的名字就在；他死后，他的后代就可以时常来凭吊，追念他的丰功伟绩和风华绝代。这一切，比起在穷山恶水但是号称风景秀丽的乡镇买块墓地强多了。杜仲的表舅告诉杜仲，开始，上级官员的建议是用他的名字命名一所中学，"教育兴国呀！"上级官员说。就在他决定答应以前，精明的他打了一个电话给他一个精明的上海籍进口商。那个精明的上海人恭维了半小时他的爱国热情，然后简单地告诉他，他被人骗了。那所要用他的名字命名的学校在上海以出产傻瓜出名，如果用他的名字做校名，他会经常被人念叨的。"真他妈的悬呀。"杜仲表舅用跟杜仲学的北京土话慨叹。杜仲打的到表舅所在的东亚富豪酒店，的车司机看杜仲仪表不是很堂堂或者说很猥琐，对上海又很不熟悉，带着他兜了好几圈才到衡山路。杜仲觉得好像快到了，又不想看的车司机那副欠揍的鸟样，声若洪钟地喊"停车"，的车司机逮着机会，不屑地说："你们乡下人以为这里还是你们外地，想在什么地方停就在什么地方停？这里是上海，不要搞错。"然后又拉了杜仲老长一段才停下。杜仲推开车门，拔腿就走。的车司机高喊："付钱！"杜仲愤愤地说："我们乡下人从外地来，出门从来不带钱。"

"新婚之夜这个题目不错，可以推广，再说说其他人。"辛夷是个无神论者，从来不考虑阴德、来生或是明年的运气等。

"说说费妍吧。"杜仲提议。

"秋水，你不要一声不吭，只顾喝酒吃肉，这样下去很容易变成厚朴的。亏你还是口会会长呢，该你说了。"辛夷说我。

"我可没招你们，不许没事说我。"厚朴接着吃花生。

"费妍真的是我的心坎：乖乖的，白白的，干干净净的，眉眼顺顺的，鼻子翘翘的。"我说。

"你是情种。你的心都是坎。"辛夷不屑。

"我和秋水有同感。费妍也是我的超级大心坎：乖乖的，白白的，干干净净的，眉眼顺顺的，鼻子翘翘的。"王大附和我说道。

"乖乖的，白白的，干干净净的，眉眼顺顺的，鼻子翘翘的，这些都是表面现象。费妍就好像解放以后的紫禁城。外城，向全体劳动人民开放。三大殿、珍宝馆，要进去，你得单买票。东宫、西宫、闺房、寝宫，骗了你都别想进出，谁也别想。王大，你想当流氓校医。辛夷，你想当医药代表。厚朴，你想当疯狂医生。秋水，你不知道应该当个什么。人家费妍可是要出国，要去哈佛、麻省理工、普林斯顿、约翰霍普金斯的，要拿诺贝尔生理学或医学大奖的。"黄芪评论费妍，我赞同黄芪的观点。

"费妍早就开始背单词，准备 GRE 了。"厚朴说，觉得自己开始得不够早，心中不安。

"话说费妍新婚之夜，"王大口痒，开始编撰，"新老公上蹿下跳，左冲右杀，前顶后撞，十分钟后，结束了。费妍新老公自我感觉很好地问费妍，你觉得好吗？费妍很困惑地看了看她老公，你说什么？你刚才干了些事情？你干了什么？我刚才又背了三十个单词。俞敏洪的 GRE 单词书，我已经背到第十九个单元了。其实，最难的不是背，而是记住。不仅今天记住，而且明天记住，考场上还能记住。记住之后还要灵活运用，也就是说，答题能够答对。"

"再来一个。"厚朴说，偷偷给自己倒了小半杯啤酒，抿了一小口。怕我们看见，开始灌他。

"说说甘妍吧。"王大提议。

甘妍在我们班绝对是个人物。甘妍四方身材，表情凝重，语缓行迟，遥望去，用古代汉语形容就是"凝如断山"，用现代汉语形容就是"好像麻将牌中的白板"。甘妍从很小的时候就有大器之相，是我们班上最有教授神色和体态的人。我们一起在病房行走，病人总把她当成带领我们这群毛头医学生的老师，都恭谨地叫甘妍"甘教授"，于是辛夷给甘妍起了个外号"实习教授"。我们班正是由于有了甘妍，在低年级小师弟小师妹面前才有了一些分量,"君子不威则不重",不再完全是个大烂班、大乱班、大浪班。甘妍受所有男教授的爱戴,我们都对甘妍恭敬礼貌,生怕自己的特立独行、胡言乱语传到男教授耳朵里,毕业分配都困难。鉴于甘妍的这种威严,辛夷又给甘妍起了个外号"奶奶",如果甘妍有一天说嫁给了医学界某个德高望重的爷爷辈人物,我们一点也不会奇怪。

"话说甘妍新婚之夜,"我开始编撰,"新老公上蹿下跳,左冲右杀,前顶后撞,十分钟后,结束了。甘妍新老公自我感觉很好地问甘妍,你觉得好吗?甘妍媚眼如丝,嗔道:'我总说,你要戴安全套,你总不愿意,现在,你知道戴安全套的好处了吧。好,让我们总结一下,戴安全套有三点主要好处:第一,安全。第二,卫生。第三,可以有效地延长时间。'"

快凌晨两点,我们的一箱啤酒基本喝完了,除了厚朴,其余的人好像都高了。我们搀扶着跟跄出小馆,小馆老板告诫我们,出了小馆,别太大声喧哗,毕竟临着长安街,有警察巡逻,检查身份证。

出了门,一股冷风,我们不由得颤抖。黄芪说,风冷催人尿。我们说,不远处就有一个公共厕所。黄芪说,里面太黑,茅坑太宽,一小时前,他上厕所的时候,就差一点掉进去,现在,他更没信心了。我说,就找个墙根、树根,或者找个车屁股,对着撒了得了,对,找个车屁股,找个大奔,那种后部特别性感那一款。结果黄芪真的找着一辆后部饱满的大奔，车牌上有好几个"8"，估计比我初恋的那个新锐处长更有来头。黄芪面冲大奔，我们在他身后围了一个半圆，替他挡风挡视线。春夜凄冷，北风凌厉，我们怕黄芪龟头落枕。那是一泡好长的尿，冒出腾腾的热气，在我们周围氤氲缭绕。尿液砸到地上，在凌晨两点的春夜里显得声音嘹亮，没准顺着长安街，能传到门头沟。

翻学校大门的时候，没喝多的厚朴派上了用场。厚朴手抱、肩扛、脚踹，努力了十多分钟，终于把我们五个大汉都码到了学校院子里，王大胖子瘫在地上，忽忽悠悠，土木形骸，好大的一堆呀。厚朴说，我们尽管醉了，但是还是比死人好摆弄，我们还知道配合，相关肌肉还能在适当的时候给劲儿。死人从来不配合，所以死沉死沉的。厚朴说得头头是道，好像他帮五个死人翻过我们学校大门似的。

我们相互搀扶着上楼，我觉得楼梯是棉花做的，高低不齐，踩上去颇有弹性。楼道里养的老鼠都被惊醒了，慌张地看了看我们，觉得没什么新鲜的，还是这几个见惯的老浑蛋，于是吃起了夜宵，楼道里的鼠食味道又浓郁起来。我们的楼可真高，刚建国的时候盖的，学苏联，一层楼顶现在的两层楼高。电梯早就停了，王大一边喘一边狂叫，还是美国好呀，二十四小时都有电梯呀。

爬到六楼，一头倒进床里，我很快就睡着了。不知道睡了多久，一声巨响把我惊醒。打开灯，看见杜仲四脚朝天摔在桌子上，一身的瓜子皮，微笑着说："我想上厕所，我忘了我睡上铺了，一脚就迈下来了。别担心，我一点也不疼，脚腕子挺大，可能折了。"不是可能，杜仲的脚踝肿成了皮球，一定是骨折了。我的酒一下子全醒了，背起杜仲就往楼下跑。凌晨四点，那个校卫队队长肯定睡得跟死猪一样，但是我一定要把他弄醒，给我开校门。我要送杜仲去急诊。

第十六章
阴湖阳塔

我在北大上医科预科的两年，我有一个端庄美丽的女友，我过得浑浑噩噩。

我早上挣扎起床，吃两个白水煮鸡蛋，不加盐不蘸味精。鸡蛋是我女友每天煮的，我吃了两年之后，体检发现血脂异常增高，这对于一个瘦得像我这样的人并不多见，才把鸡蛋停了。我花五分钟洗脸小便，我那时胡子还没全硬，长得不快，三四天刮一次。我骑上没铃没闸没牌照的自行车，车前面摔得乱七八糟的车筐里放进我的书包和饭盆，饭盒里有一把勺子和一把叉子，我叮叮当当地冲向教室。我认真听讲，揣摩天地，听烦了，看窗外的树木和坐在我前面好看的女生。和我们一起上课的生物系，颇有几个好看的女生，形容妙曼，不看白不看。我总坐在教室后面，保持全局观念。我思前想后，体会自己茁壮生长，天天向上。我和我的女友一起到食堂吃饭，从学一到学七食堂挑一家感觉上还能吃的，就像早上从脏衣服堆里挑一条感觉上还干净的内裤。我的女友问我胃口好不好，胃口好时，两个人买八两饭，胃口不好时，买六两，我胃口通常不好，我女友胃口总是很好。我的女友去买饭，我在饭厅找位子。我吃饭的时候，喜欢四下踅摸，看谁在和谁搭讪，谁在给谁喂饭。我发现平时形容妙曼的女生，吃相大多难看。饭后，我的女友去洗碗，我留在位子上看书包。我中午要睡觉，我瘦，胃一旦充盈，脑袋的供血就不足，饭后必然犯困。不让我午睡，我会产生戒断症状，好像烟鬼没能吸食到鸦片。多年以后，我发现，在医药行业，多数大主任有和我一样的午睡习惯，尽管他们没有一个瘦子。而且，主任越大，午睡的瘾越大，千万不要在中午十二点到下午两点之间找他们谈生意，否则生意肯定谈不成，主任们还会恨你两三年。吃完晚饭，我和我的女友手牵手去上自习，她一定已经在"三教"（第三教学楼）或"四教"占了好位子。好位子的头顶，一盏灯的两个灯管都是亮的，书看久了也不累，这种两个灯管都亮的灯在北大的自习室里并不多见。我们不去图书馆，那里因为上自习争位子，天天有人张嘴骂街上手打架被送进校医院。争位子的人，没有一个酷爱读书。图书馆冬暖夏凉，趴在桌子上睡觉舒服，二楼阅览室有杂志好翻，又常常有美丽的女生出没，如果碰巧坐在你身边，你可以看她们如何坐下来，把头发散开，如何收拾书包，把头发盘起来。如果又有美丽的女生坐在身边，又一起趴在桌子上睡觉（睡觉能传染），你可以回宿舍吹嘘"今天我和谁谁睡了觉"。

我是好学生，但是晚自习的时候，正经书不能念时间太长，我的书包里长年放着各路闲书。多数情况是这样的，在自习的前三分之二的时间，我在看闲书，看高兴了，乐出声，自习室几十双白眼立刻向我翻过来，怪我影响了他们背诵GRE单词。闲书看累了，我喜欢趴在课桌上睡一会儿，我老是困，老妈说人都这样，三十岁之前睡不醒，三十岁之后睡不着，我盼着三十岁快点来。课桌睡觉没有床舒服，睡沉了，起来脸被压得又红又平。冬天桌面冰凉，我接触桌面的手一缩，我的女友在我手底下垫进一个笔记本，笔记本的封面是绒绒的，挺暖和。我的女友从不犯困，她有时不让我睡觉，我闲书看累了，拉我去散步。我们散步的时候，我的女友总把头发散下来，散完步，回教室之前再盘整齐，发夹固定。她的头发又多又长，中医说，力大长头发，气虚长指甲，我女友中气很足，力气很大。在我失去处男之身之前，我没有觉得北大校园和北京其他地方比较，有什么特别的过人之处：也是挤个巴掌大的空儿砍棵树就盖个奇丑无比的小房，怎么也体会不出从小地理书上描述的，我国地大物博和物产丰富。更奇怪的是，每个奇丑无比的小房都有自己独特的丑态，绝不媚俗，暗示民间建筑师的风骨。也是现代建筑加个大屋顶，北京在某个时期，所有上档次的建筑都贴白瓷砖，都加大屋顶。腰里别个死耗子就冒充老猎人，下岗女工拉个双眼皮隆个大胸就混进夜总会冒充苏小小，不是那回事，没有那个味道。看完闲书，小憩过，散了步，还有不到一小时自习室就关门了，我怀着内疚的心情开始看正经书，我的效率出奇地高。差十分钟十点，我们被自习室管理员扫地出门，她们一点不热爱科学，不让我们多读一会儿书，她们想尽早回家。从自习室出来，没人着急回去，没有女朋友的坏蛋们，仅仅在这一瞬间，感觉孤单。天气好的时候，我和我的女友骑了车绕未名湖一周，养养眼睛，沾些灵气，看看博雅塔黑乎乎的挺着，永远不软，镇住未名湖，不让它阴气太重。我的女友侧身坐在车后座，从后面揽住我的腰。多年以后，我和我的女友又有机会坐在一起喝酒闲聊，她告诉我，她在我们一起军训的时候看上了我。我们军训所在的陆军学院有一个挺大的图书馆，阅览室的大桌子，两边坐人，中间一道铁皮隔断，防止两边的人执手相看，但是隔断靠近桌面的地方开了一道一指宽的缝。我的女友从缝隙里看见我的嘴，薄小而忧郁，灿如兰芷。她又告诉我，她是在侧身坐在我自行车后座上，从后面揽住我的腰的时候，爱上了我。我的腰纤婉而坚韧，像一小把钢丝。我送我的女友回宿舍，我在她们的宿舍楼前支了车，找一棵树，靠在上面和我的女友相互拥抱相互缠绕，我们做上床前的热身运动，然后各回各的宿舍。在我们左边和右边的树下，同时有其他男男女女在拥抱缠绕。宿舍楼大妈在接近十一点的时候，高声叫喊："再不进来，我可要锁门了！"我的女友和其他女生从树林里跑出来，一边喊

"大妈，别关门"，一边冲进宿舍楼，声音甜腻，极尽谄媚。我看了看左右那些男生，他们的脸很熟，但是我叫不上名字，我们互相友好地微笑，战友似的，然后骑上车，各回宿舍。我宿舍的楼门已经关了，我熟练地从一楼的厕所窗户跳进楼里，那扇窗户从来不关，也关不上，锁窗户的闩子早被我撬掉了。我的房间紧靠楼的一头，楼的一头有扇窗户，俯视对面的女生楼。辛夷常常在熄灯前在这扇窗户前等我回来，一起抽根烟，聊聊天，看对面的女生楼，哪间屋子不小心没拉窗帘，看到一窗衣香鬓影。辛夷说，要去雅宝路，买个俄罗斯的望远镜；又说要不是黑天，要不是这么伸了脖子看，那些女生自己在他面前脱了，他可能都不一定看。所以说，人很变态。一根烟抽完，辛夷回去睡觉。隔壁中文系的小李打个哈欠，提着内裤出屋："'大梦谁先觉，平生我自知。'秋水，我们睡醒了，一起去喝点酒吧，今年的炒田螺刚出来。"

多年以后，我追忆过去，才发现北大两年是我心智发育的黄金时代，我那两年，尽管年年如一日，岁月蹉跎，但是我经历了一个伟大的学习过程。

在医学预科阶段，我们和北大生物系一起上课，念完了生化专业所有的基础课，那是一些什么乱七八糟的东西呀。我们上了五门化学、四门物理，做了三个学期的物理实验和化学实验。带我们物理实验的男老师体态妖娆，是北大老年秧歌队的领舞，说起话来，最常用的开头是："兄弟在美国普林斯顿大学游学的时候。"上实验的时候，他从来不搭理我们男生，一头扑在女生那边，耐心极了。按厚朴的话说，我们即使电死，他都不会过来看一眼的。但是学期末，他被生物系一个曹姓女生拿电阻器追打，仗着秧歌队练出来的腿脚跑出物理楼，幸免于难，这就是著名的北大电阻器追杀案。案情扑朔迷离，动机众说纷纭，到现在我也没搞明白，于是此案像明朝"红丸案""梃击案"等一样，成为著名的无头悬案。我们从普通植物学上到植物分类学，从无脊椎动物学上到脊椎动物学，认识到进化的真正动力是胡搞乱伦和胡思乱想。驴不和马私奔怎么会有骡子？大象不和蚂蚁上床怎么会有食人蚁？我们上心理学，学习如何从一个人借条船过河推断他的性取向，看见地面上任何昂扬挺立的东西就想到男根和心理分析。我们上 C 类数学，不要以为 C 类容易，多数人在大学上的数学排不上类。A 类数学是数学系念的，B 类数学是理论物理系念的，然后就是我们念的 C 类。正是通过和数学和理论物理两个系学生的接触，我渐渐产生了对大自然的敬畏，世界上的确存在一些不可确知的东西。看着奇形怪状又聪明无比的数学系和理论物理系同学，我渐渐坚信外星人曾在我们地球上行走，他们用各种非常规的方式同古代各个著名的才女野合，一个也不放过（这里我需要说明，来到地球的外星人都有资深宇航员职称，他们当中女性很少，就像十五、十六世纪的海盗，都是独眼大汉，没有独眼美人。而且，女性外星人对地球才子没什么兴趣，觉得他们的脑子和男根都太小儿科，就像我们改革开放以后，都是西方猛男拐走我们的美女，西方美女对我们这样的东方名枪，从来不屑一顾。这是文明演化或衰落的一个重要规律，我会写一本百万字的专著另行探讨这个问题）。我们的古代才女对这些野合感到无比困惑，这些野合要么在一瞬间完成，如白驹过隙，要么以不通女阴的非常规方式进行。我们的古代才女或以为只是自己春梦一场，春心一荡，但是肚子一天天大起来了，这是不容否认的事实。在外星人的世界，网络发达，任何事情都是通过网络完成，男根演变成一个特制的光缆，女阴演变成一个特殊网络接口，一道白色的光芒，阴阳交会就告完成。我仔细翻阅人体解剖图谱，感觉女性结构中，耳朵应该是改装成一个网络接口的最佳位置。耳骨本来就是从颌骨演化而来，口交又是人类性行为中，起源古老、含义最为复杂的方式。这些事情，本来没有任何人知道或者产生怀疑，但是当我仔细观察那些奇形怪状又聪明无比的数学系和理论物理系同学，各种线索开始在我脑袋中构成故事，我这些同学体内有另一种更先进的基因，他们本身就是外星人存在过的明证。我一个赵姓的数学系同学，被女友先奸后弃之后，借了三本微分几何习题，用做题来化解悲怆。赵同学一星期没出宿舍楼，吃了半筐苹果，他家乡产苹果，苹果又经搁，他每学期带一筐来学校。赵同学一星期之后小声告诉我，宇宙实际上只有二维空间，世界实际上是一个平面，像一张白纸，捅破一个洞，就可以到另一面去，另一面就是各种宗教在不同场合反复描述的天堂。赵同学写了篇英文文章，寄给普林斯顿一个教授。寄之前他让我帮忙看看，我不懂他的二维宇宙理论，但是我知道他的英文狗屁不通，我替他顺了顺句子，改改错字。"不是鹿教授（Deer Professor），而是亲爱的教授（Dear Professor）。"过了三个星期，那个教授回信，说他已经念了一个星期赵同学的文章，还不能完全确定赵氏二维理论正确与否，但是他十分确定，这个世界上能够有资格做出判断的人不过三个。他十分确定，赵同学再上学是耽误时间，没有人能教他什么新东西，教授写道："来普林斯顿吧，能和你聊天的那几个人都在这儿。信封里有来美的机票。"对这个问题的仔细论述，已经远远超出这本书的范畴，但是你如果不相信，你可以和我这些同学一块儿玩玩儿电脑里挖地雷的游戏，然后你再告诉我，人和人生下来都是一样的，你和他们长着同样的脑袋，看我不抽你嘴巴。

　　我不知道我们学医的为什么要学这些东西，我不知道，能不能治好中耳炎和知道不知道耳骨是从颌骨演变而来有什么关系。学这些东西，不全是享受。我学C类数学就学得头大如斗。显然我祖上的才女不够自由奔放，没有抓住机会和外星人野合，就像现在我姐姐，在美国多年，也没搞定美国猛男弄张绿卡。我高数考试的时候，我数了数，一共十一道题，我做出六道半，考试的后半截，我一直在计算我能及格的概率。上人体解剖的时候，白先生问，有没有人知道人类的拉丁学名，他期望没人回答，他好自问自答，显示学问。我举手说，是homo sapiens。白先生反应很快，立刻说，也就是我们医大的能答出这样的问题，我们有其他医校没有的幼功，有北大的基础训练。白先生说，病人首先是人，活在天地之间的人，然后才是病人。所以要了解病人，先要了解人，要了解人，先要了解人所处的天地江湖。如果一个医生希望病人别来找他，而是把硬化的肝脏或是溃疡了的胃放到纸袋子里寄给他，他这辈子就完蛋了，他永远成不了一代名医。医大的教育是让我们成为名医，成为大师，课程自然要与众不同。我们当时听了，颇为得意，胸中肿胀，觉得自己将要成为一个人物，就像青年的时候第一次听到政治家说，世界终究是我们的。我长到好大才明白，这完全是句废话，老人终究是要死的。而且，这世界到底是谁的，一点也不重要。我总结出一个鉴别骗子的简单方法：如果有人问你，想不想知道如何不花钱、省钱、不费力气挣大钱，他一定是要骗你钱。如果有人问你，想不想知道什么是世界本源、什么是你的前世和来生，他一定是要骗你的灵魂。如果有人问你，想不想知道世界到底是谁的、到底如何才算公平，他一定是要骗你十几年的生命。

在我心智发育的黄金时代，我和我的女友互相学习彼此的身体，学习如何在一起。这同样是一个伟大的过程。

街上的人很多，我都不认识。北大里的人很多，尽管多少有些脸熟，我也不能不经过同意，撩开她的衬衫，抚摸她的乳房。从这种意义上讲，我好像只认识我的女友。按照赵氏理论，世界像一张白纸，捅破一个洞，就可以到另一面去，另一面就是各种宗教在不同场合反复描述的天堂。我伸出我的男根，像是伸出我的手指，我在我女友的身体里捅破一个洞，我到了世界的另一面，那里是天堂吗？

从传统意义上讲，我的女友几乎在各个方面都是个好学生、健康青年。她认真听讲，绝不迟到。她坚持锻炼，身强体壮。她不吃致癌食品，不胡思乱想。但是，从传统意义上讲，我的女友在一个方面绝对不是个好学生、健康青年。她对我身体的爱好，大大大于我对自己身体的爱好，按照传统定义，她称得上淫荡。

"你别生气。"我推了单车和我女友在未名湖边行走。当我很严肃地告诉我女友，我觉得她很淫荡的时候，她满脸怒容，一副想抽我的样子。"淫荡在我的词典里，绝对是个好词，就像《红楼梦》里说贾宝玉是天下第一淫人，是在夸他。"

"你可以给我好好讲讲，淫荡如何是个好词。"她火气未消，她暗含的意思是，我讲不出来，还是要抽我的。

"我一直以为，男人是否美丽在于男人是否有智慧，不是聪明而是智慧。这甚至和有没有阴茎都没有必然的联系，比如司马迁宫刑之后，依旧魅力四射，美丽动人。女人是否美丽在于女人是否淫荡，不是轻浮不是好看而是淫荡。我要是个女人，我宁可没有鼻子，也不希望自己不淫荡。你仔细想一想，是不是所有魅力四射的女人都十分淫荡？这是秋氏理论的重要基础。"

"你不用担心，你要是女人，你有足够的能量让周围鸡飞狗跳。我还是不喜欢淫荡这个词汇，你可以用在别的女人身上，不要用在我身上。我对你一心一意。"

"智慧大致可以分两种。一种智慧是达·芬奇式的智慧，无所不包。达·芬奇画过画，教过数学，研究过人体解剖，设计过不用手纸的全自动抽水马桶。另外一种智慧是集中式的智慧，比如那个写《时间简史》的教授。他全身上下，只有两个手指能动，只明白时间隧道和宇宙黑洞。淫荡也大致可以分两种。一种是对任何有点味道的男人都感兴趣，另一种是只对一个男人感兴趣。林黛玉和你都属于后一种。"

我女友没有说话，但是脸上要抽我的表情已经没有了。姑娘们好像总愿意和林黛玉那个痨病鬼站在一块。

"其实淫和荡还不完全是一回事。"我说到兴起，常常思如泉涌，挡都挡不住。在这个时候让我闭嘴，比在我高潮到来前一分钟，一桶冰水浇进我裤裆，对我身心的摧残更严重、更为狠毒。我女友在几年之后发现了这一点，经常应用，但是在北大的时候，她还不知道。每次我说到兴起，她都默默地听我一泄如注。"套用阴阳的说法，淫属于少阴，荡属于少阳。说具体一点，用文字做比喻，劳伦斯的文字属于淫，亨利·米勒的文字属于荡。如果有人说我的文字淫荡，真是夸我了。"

"会有人说的。还会有人说你这个人本身就很淫荡。"

"只对你。"

"真的？"

"真的。"

"你喜欢我淫荡吗？"我女友问道。这个时候，我们已经走到水穷处，暮春了，天上没有云，夜很黑，风很暖。我女友抢过我的双手，放在她腰的两侧，我的单车随重力慢慢倒在路边的草丛里，车筐里的饭盆像风铃般叮当作响。我双臂锁了我的女友，她的头发和眼睛在我的颌下，她的双腿用力，我俩一起挪近路边的一棵丁香树。那棵丁香树很大，覆盖四野，在我们周围，像是一顶巨大的帐篷。丁香花开得正盛，透过枝叶，挺好的月亮，丁香花点点银光闪烁。

"你想不想知道我到底有多淫荡？"我女友问道。

"做梦都想。"

"人做事要有节制。我做事向来有分寸。你知道不知道，丁香花大多是四瓣的，你如果摘到五瓣的丁香，上天就满足你一个愿望，不管这个愿望多不实际、多不符合原则。我现在随便摘一枝丁香花，从远枝端开始数，数十朵丁香花。如果我在这十朵之内摘到五瓣的丁香，我就让你知道我有多淫荡，否则你骑车带我回宿舍，快十一点了，大妈要锁宿舍门了。"

我的女友随手摘了一枝，映了月光，从远枝端开始，辨认丁香花的瓣数。十朵丁香花里，五朵是五瓣的。我的女友轻轻一笑，眼波动荡。她的双手像蛾的双翅在我的身体周围上下飞舞，最后停在我的腰间。夜深了，没有蝴蝶，蝴蝶都睡了。

"我不喜欢你穿牛仔裤。"她慢慢说道。

"你喜欢我穿什么？"我问。

"我喜欢你穿运动裤。我不是送过你一条挺好的运动裤吗？"

"为什么喜欢我穿运动裤？"

"我可以方便地感受你的勃起，可以方便地放我自己进去，可以方便地脱掉它。"

"我也不喜欢你穿牛仔裤。"我说。

"你喜欢我穿什么？"她问。

"我喜欢你穿裙子。"

"为什么？"

"穿裙子方便。"

"方便什么？"

"方便我犯坏。"

我的女友缓慢地亲我，亲得很深，亲得很有次序，由上到下，到很下。毕竟是受过严格理科训练的人。

"你身上有种味道。"她说。

"胡说，我今天刚洗澡。"

"和洗澡没关系。是从你身体里发出的味道。"

"我也不是糖尿病晚期，没有酮中毒，不会有烂苹果味。我尽管爱好胡思乱想，但是还没到精神错乱，不会有老鼠味。"

"是种很好闻的味道。你还记得不记得，第一条颅神经是嗅神经，嗅神经和脑子里古老的海马回相连，与性欲关系密切。"

"所以香水是个大买卖。"我女友的头发散开，浓密零乱，在我的腰间波涛翻滚。我像是站立在齐腰深的水中，波涛汹涌，我站立不稳。我透过散开头发的间隙，看到丁香树下洒落的月光和震落的点点丁香花，好像海底点点星火和游动的鱼。

"把你的味道做成香水，多少钱我都买。"她的动作不停，她的声音断续，"我跟你的时候，我一点儿也不精明。我对你没有自制力，我知道早晚有一天我会越轨。我原来想，你要是敢跟别人，我先骗掉你的小弟弟，再割掉你的舌头。我想，你就废了。我现在发现，我错了，没有了小弟弟，没有了舌头，你还有你骨子里的味道，你还是淫荡依旧。"

"我只要你，只有你好，只有你抱着舒服，比枕头还舒服。"

"你的逻辑不对，别把我当文科小姑娘骗。你没上过别人，怎么知道别人不好。世界很大，姑娘很多。"

"已经挖到了金子，为什么还要继续挖下去呢？"

"我真想这样抱你，一天、一年、一辈子。在医大这八年，你好好陪我好不好？我也不知道这是怎么回事，你为什么这么让我上瘾。我没有对其他任何事情上过瘾。我不明白，你为什么会把我拴得那么紧。"

"为什么你说只让我陪你八年？"

"你想陪我多久？"

"你让我陪多久我就陪多久。"

"你说八年过去之后，我们还分得开吗？"

"现在就已经很难了。"

我在她里面，我还能说什么。我想起十朵丁香花中的五瓣丁香，感到宿命。但是后来我很快发现，这棵丁香树是个变种，整个一个骗子，它开的花，五瓣的比四瓣的多。一些理化因素可以使动植物发生变异，比如核辐射等。根据这棵丁香的经验，我觉得，野合也应该算是诱发变异的一个因素。多少年来，不知道有过多少人在这棵树下相识、相知、相拥、野合，多少人许下愿，摘下过多少丁香花以占卜从相识到相知到相拥到就地野合的时机。我女友后来也发现了这棵树的妙处，当我们需要决定一天乱搞几次的时候，她就拉我到这棵丁香树下，庄重而虔诚地对我说："丁香花绝大多数是四瓣的，五瓣丁香绝无仅有。我们以学业为重，严格要求自己，我现在随便摘一枝丁香花，从远枝端开始数，数十朵丁香花。我在这十朵之内摘到几朵五瓣丁香，你今天就可以坏我几次。要是一朵五瓣丁香也没有，你我一次也不许坏，相敬如宾，端正思想，一起去三教上自习。"

我们离开这棵古怪丁香树的时候，已经十二点了。往常要是闹到这时候，我女友总是惴惴地推算，是哪个大妈值班，那个大妈和她熟不熟，好不好说话，好开门放她回宿舍。如果大妈不开门怎么办。回宿舍，会不会让魏妍、费妍、甘妍这些人看见。她们看见会不会说三道四，等等。那天，从我们走出丁香树到她宿舍楼，她一句话没说，在分开的时候她告诉我，我的东西的味道像极了臭椿花的味道。

北大校园里有很多臭椿树，好像总在开花，校园里常常一股臭椿花的味道。我女友说"我的东西的味道像极了臭椿花的味道"，我对这一论断印象深刻。在很长的一段时间，我总感觉北大是个淫荡的地方。在这样一个美丽的园子，有那么多老北大才子的铺垫，有现在脸上有光、眼睛里有火的少年才俊，难免不成为一个淫荡的地方。虽然没有确实的证据，但是我想，老北大的才子们，至情至性之人，我们能够想象的地方，他们也都能想起来，在那些地方，犯犯坏。这就是历史。我在我能够想象的地方犯坏，写下"到此一坏"，感觉今月曾经照古人，无数至情至性的前辈学长就躲在这些地方的阴暗角落里，替我撑腰。这就是历史感。在一个没有几十年历史的地方，我无法感到淫荡，就像面对一个没有在江湖上晃荡过几年的姑娘。

臭椿花的味道和这种气氛好像影响了好些人。

举手投足之间有儒雅之风的黄芪，频频被几个日本、韩国游学而来的大男人骚扰，他们送了黄芪不少日文和韩文的唱片，黄芪在宿舍里放多了，我慢慢也能听出这两种语言的区别。黄芪和那些人在勺园宴饮多次，喝得小脸红扑扑的回来，告诉我，那些人古文极好，有空，我应该和他们聊聊，说其中一个人写得一手很好的怀素体狂草，背出的俳句深有禅意。黄芪问中文系的小李，什么是龙阳之好，什么是断袖之谊。小李对黄芪说，那些日本人、韩国人是想知道，你对他们的兴趣是不是比对女生大得多。黄芪酒劲儿忽地上来了，立刻要蹿将出去。要不是我和小李拦着，那天没准要出人命。北大是个很敏感的地方，清华可以死个人，北大不能死只鸡。

厚朴常常哭丧着脸，跟我们诉苦，说老有人摸他，这些人里有男有女，其中还包括魏妍，这些人里没一个好人。"胖子也不是随便给人摸的呀。"我们劝厚朴，首先要理解那些群众，胖子天生丽质，冬暖夏凉，是放手的好地方。厚朴又天生好皮肤，琳琅珠玉，光映照人，魏妍就是听男生狂说厚朴肤如凝脂，才大着胆子问厚朴，能不能让她轻轻摸一下，厚朴红着脸答应了。厚朴事后对我们说："做男生的，不能那么小气。"黄芪根据自己的遭遇，献厚朴一策：再有人摸他，不论男女，厚朴应该采取主动，往死了亲胆敢摸他的人，然后幽幽地说："你是我亲的第一个女人。"厚朴用了一次，立刻成为新闻，之后再也没有人随便亵玩我们厚朴了。

　　辛夷新认识了一个叫小翠的北京工业大学女生。晚上，辛夷在熄灯前和我一起抽烟，开始和我探讨小翠某些举动的暗示意义。辛夷告诉我，昨天晚上，他和小翠在图书馆前的草坪散步，小翠身子一直压着他走，几次把他拱到马路牙子上，这是什么意思。我唯恐天下不乱，说这个意思太明显了，她想你好好压她，质问辛夷为什么让机会白白错过。辛夷一脸狐疑，说他又不是流氓，他怎么能什么都懂，但是小翠下个周末还来。我说，分析的原则很简单：所有圆形的容器都解释成乳房和子宫，所有棍状物都解释成男根，小翠的所有行动都解释成想和你上床。我看辛夷还是一脸狐疑，从铺底下找了两本弗洛伊德和荣格的书。"好好翻吧，看我说的对不对。"辛夷打着手电翻了一晚上，宿舍里的所有电池让他一夜都用光了，这个浑蛋怎么胡乱用眼睛也是不坏。我第二天早上小便的时候，辛夷告诉我，我的分析驴唇不对马嘴，还是弗和荣两个外国流氓分析得深刻入微，不是小翠想和他上床，而是他想和小翠上床，这不是一个简单的顺序区别。而且根据弗氏理论，一旦他提出，小翠不会拒绝。之后的一天晚上，我回宿舍，在门口等我的不是辛夷，而是黄芪，而且一个人在抽闷烟。我问怎么了。黄芪说，辛夷在宿舍里。我说那是他的宿舍，他当然可以在里面。黄芪说，小翠也在里面，他刚才不知道，辛夷也没插门，他闯进去的时候什么都看见了，辛夷对他说了一句："你先出去。"给黄芪的感觉是，他先出去，等辛夷自己做完，就轮到他了。

我和我的女友面临同辛夷和小翠一样的问题，在北大没有安全舒适的犯坏场所。这个问题其实是所有人的问题，在北大，博士生也要两人分一间宿舍，挂个布帘，挡挡视线，其他什么都避不开，放个屁既能听见又能闻见。在北大有四件必做之事，如果不做，尽管学校让你毕业拿学位，但是群众不承认，认为你辜负了青春年少、湖光塔影。关于这四件必做的事情，有多种版本，体现不同时代民间不同的犯坏观。我在的时候，通行的版本是：第一，在塞万提斯像底下小便一次；第二，在学三食堂跳"平四"一晚；第三，在三角地用真名真姓贴情诗一首；第四，在未名湖石舫上胡搞一回。其中第四条，不是群众非要离经叛道，里面饱含人民没有地方犯坏的苦闷。未名湖石舫上风很大，很容易让小弟弟中风。

但是，从另一个意义上讲，这种没有合适场所的境况，促成了我们像我们祖先一样幕天席地，敬畏自然，体验户外犯坏。

　　我从小生长在垂杨柳，搬到白家庄上完中学又搬回垂杨柳。我家所在的楼样子古怪，长成那个样子的楼，在北京不多于五栋。我们的房子很小，后来哥哥出走了，姐姐出国了，房子就大了，我有了一间自己的房间，那间房子我只让我的初恋进去过。我家虽然是楼房，但是屋里没有厕所，上厕所要到楼下，使用三妞子她家隔壁的公用厕所。从我家三楼到公厕，距离不能算近，冬天西北风吹起，感觉距离更远。我的肚子偏偏很不争气，时常闹。闹的时候，我抱着手纸卷，狂奔向公厕，样子可笑，是垂杨柳八景之一。长此以往，我尽管体育很差，但是爆发力惊人，跑百米，前五十米鲜有对手。体育老师一度认为我是棵苗子，可是总感觉我的姿势不雅，介于火烧屁股和狗急跳墙之间，其实我是满怀便意，着急下楼。我从小发誓，我长大要让我老妈老爸住上比这大一百倍的房子，里面到处是厕所。我从小就感到自己的文字天赋，我四岁时通背毛主席诗词，那是那时候街面上唯一见得着的诗词，那时候没有《全唐诗》。我四岁时在公共汽车上高声背诵毛主席诗词，背到第三首之前，总有人给我让座位。我十一二岁的时候比现在狷狂，认为四岁时背的那些诗无他，唯吹牛耳；李白无他，唯胡思乱想耳；杜甫无他，唯下死功夫耳。但是尽管我有文字天赋，我终究没有学文。靠写文章挣钱，一个厕所也买不了。然而，我老妈从小告诫我，我不应该在意房子的好坏，我其实根本不应该在意房子。《蒙古秘史》记载，我们的祖先成吉思汗说过："有一天，我的子嗣们放弃了自在的游牧生活，而住进污泥造成的房屋时，那就是蒙古人的末日了。"我老妈告诉我，不要以为老妈是阿Q，没有葡萄说葡萄酸，葡萄不酸什么酸？我老妈在我十一二岁的时候预言，我骨子里游牧民族的血将诱惑我四方行走，旅行箱里是全部的家当，生活在边缘上，拍拍屁股明天就是另外一个地方。我一旦求田问舍，买了带好些厕所的房子，我的气数就尽了。老妈告诫我，别忘记幕天席地，敬畏自然。我让我老妈放心，天气热的时候，我抱紧我的女友，弹开她的发卡，散开她的头发，把我们俩全遮住，那就是我们的房子。天气冷的时候，我打开我绿色的军大衣，我的女友钻进来，那就是我们的房子。我的目光依旧凌厉，我的手干燥而稳定，我的肋骨依旧根根可数，我的大腿没有一点赘肉。我的气数还长。

在我女友头发的帐幕里，在我绿色的军大衣里，待的次数多了，我渐渐领会燕园的好处，这是个易躲难找的地方。听说设计燕园的是个美国人，难为他一个外国人体会到中国古典园林的精髓，难为他在那个时代预计到后代学子户外犯坏的需要。燕园不大，但是你从任何地方、任何角度，都看不透，看不到头，让你体会天外有天人外有人。燕园的地势或高或低，草木或密或疏，小径或曲或折，但是从明处，绝对看不到隐秘所在。从一个隐秘所在，绝对看不到另一个隐秘所在。告诉你，你自己本身可以很大，你怀里现在抱着的姑娘是你所能拥有的全部。据说故宫有九千九百九十九间半房子，不知道燕园一共有多少隐秘所在，可以让多少人同时犯坏而互不干扰。这些隐秘所在散布燕园四方，但是相对集中于临湖轩、俄文楼附近。

多年以后，我们住进到处是抽水马桶，没有苍蝇需要拍打的好房子，我们拉上厚重的窗帘，防止对面楼里那个小子用望远镜偷看。我们的老婆们坐在沙发上已经看了半小时成人录像，我们的家庭影院设备一流，但是老婆们好像还是没有什么感觉，我们老婆的眼睛只有在看见卡地亚的钻石之后变得迷离。我们冒着心脏病发作、脑中风的危险，服用蓝色小药片，涂抹印度进口神油，据说这种神油出产于百年之前，像窖藏千年的葡萄酒一样金贵，百年前还被印度得道的高僧开过光，甚是灵验。我们不经常举行这种仪式，我们觉得烦琐而乏味，好像在公司里半年一次的业绩评估。我们会想念燕园那些看得见月亮和星星的隐秘所在，那种阴阳不存在阻碍的交流，天就在上面，地就在脚下，我们背靠大树，万物与我们为一。燕园留下唯一的缺憾是，我们当中没人懂得如何叫床，我们的极乐世界静寂一片。隐秘所在不隔声音，我们需要号叫，但是我们的手捂住对方的嘴。

我和我的女友最喜欢的燕园隐秘所在，在未名湖后面的五六个小湖。那里春天有荠菜，夏天有竹子，秋天有落叶，冬天有干枯的芦苇和满湖的白茅，什么时候都没有人，月亮再亮、星星再多的时候，也有隐秘的地方可以在头发的帐幕里、军大衣里仔细拥抱。

"你真的没有想过去试试别人，看看有什么不同？我感觉你是个好奇心很重的人。"一个初冬的夜晚，我和我的女友坐在小湖边的一块石头上，后面是棵大柳树，前面的小湖结了一层薄冰。我打开我的军大衣，我的女友在军大衣里，打开她的衣服、我的衣服。她好像总有许多问题，我又没有办法和她讲逻辑，我们俩用的不是同一个体系。

"别打岔，我在考察你有哪些兴奋点，它们的相对强弱如何，你需要安静，仔细体会。其他姑娘有什么特殊，不会长第三个乳房、第二个肚脐。即使长了，也是畸形，不看也罢。"我的手指起落，在黑暗中，我看见星火闪烁。

"我的胸罩才买三个月，就又显小了。"

"不好意思，我没有什么长进，内裤还穿原来的码。"

"你打开胸罩的动作太熟练，一只手一下子就解开了。我真怀疑你是个老手，在我这里装清纯。我的胸罩是新式的搭扣，我自己双手解，半天都解不开。"

"我还没说你呢，你还怀疑我。我刚刚完全说服自己，你不是经验丰富，而是天生安定从容。你为什么不能这样想我呢？我敏而好学。我一开始连抱你的时候手放在你身上什

187

么地方都不知道，连亲姑娘的时候还允许使用舌头都不知道。现在我知道你身体上每一寸地方，我知道你有九处敏感部位。"

"算我说错了。别生气。我毫不怀疑你有天赋，你就是当了太监，还是能让女人到高潮。"

"太肉麻了，我没有那么大本事儿。但是我有本事找到你，骚扰你，让你不得安宁。你可以把我先奸后杀，但是不能始乱终弃。那不是你的出路。你如果不理我，你把呼机关掉，电池抠下来，我还是有本事把你的呼机呼响。"

"我是认命的，我认命了。我从前有个男朋友，你别浮想联翩，我和他没有任何身体接触。我那时上高中，他大我十岁，学音乐的，在上研究生。我和他唯一的一次身体接触是和他分手的时候，他握了握我的手。你记不记得我们在军校的时候，第一次见面，你笑着握了握我的手，说你叫秋水。你的手和他的手有种奇怪的相似，同样干燥而稳定，细长而冰凉。我在那个时刻感到命运，我认命了。"

"后来那个人呢？有没有到欧洲得世界音乐大奖？现在还常常通信？他长高了吗？早上吃不吃菠菜？"我问。

"我不想谈这个问题。事情已经过去了。"

"他如果抱着你，抚摸你，你会不会感觉自己是一把琴？你有九个琴键，能弹出不同强度的声音，都很动听。"

"我不想谈这个问题。事情已经过去了！"

"我对音乐一窍不通，而且在可预见的将来还是一窍不通。上小学的时候，音乐老师考我们认音。她先给我一个基准音，说是'1'，然后再弹另一个音，问我是几。这不是胡说八道吗？我他妈的知道是几？上初中的时候，班主任可喜欢我了，他终于找到一个五音缺得比他还多的人。他刚从师范学校毕业，爱上我们的音乐老师，音乐老师说，没见过五音缺三的人，有什么好谈的。我的班主任把我拉到音乐老师办公室，说，让你见识见识，这个小伙子五音缺四个，咱们还是谈谈吧。"

"我跟你说，事情已经过去了！"我女友叹了一口气，开始缓慢地亲我，亲得很深，亲得很有次序，由上到下，到很下。我只好闭嘴。

"你们干什么呢？"我听见一声喝喊，看见两道强光，是校卫队两个二狗子。他们穿着蓝色的棉大衣，戴着人造狗皮帽。

"我们在看风景。"

"又是你们两个。"这两个校卫队队员，我和我的女友见过。上次，我叫嚣要咬张校医，张校医叫来的就是这两个家伙。这两个人自以为捉奸捉双，他们重权在握，一脸得意。

"我们又没被开除，你们整天到处晃悠，自然能看见我们了。"我说。我女友暗暗拉了拉我的大衣袖子，暗示我，别和他们计较。

"你怎么这么说话呀？你要看风景，到保卫处去看吧。你们可以看一夜。"

"你们怎么让我到保卫处去呀？"我阴阴地问。我的眼睛在黑夜里放射绿光，我老妈看了都害怕。我书包里有哥哥的菜刀，好久没见血腥。我打量着那两个人，也打量这小湖周围的地形，我计算着从何处出腿，一腿一个，把这两个家伙踢到湖里去。

"天太晚了。你们该回宿舍了。这里不安全。"他们看见我眼睛里的凶光，口气软了下来。

"我们马上回去。"我女友用对待宿舍大妈的态度对那两个人说道，声音甜腻，极尽谄媚。那两个人受宠若惊，以为压掉了我的风头，屁颠屁颠地走了。

后来听说，这两个人中的一个，在燕园逗野猫，被野猫狠狠咬了一口，没及时打针，感染上了一种变种狂犬病。平时与其他校卫队队员无异，月圆的时候，就有一股强烈的冲动，四足着地，在燕园的小径上狂奔。另一个负责在燕园家属区，收缴凶器，闹得鸡飞狗跳。第二天，传来消息，他玩弄火枪，自己打伤了自己的左肾。

第十七章
昔年种柳

柳青的翻译活儿的确不好做，翻译公司不接，有人家的道理。这世界上有两类人酷爱蹂躏语言、创造词汇，一类是文艺评论家，另一类是科学家。柳青的三盘录像里，听见的好些词，翻遍了各种字典，也找不到解释，我只能根据前后语境、新词构成和医学逻辑揣摩。只有三天时间，我是睡不成觉了。在干活儿当中，我总结出一个道理：不要总觉得自己特牛×。不要总觉得自己比其他人牛×，总揽别人干不了的活儿。别人干不了的活儿总是麻烦活儿。十几年前，电器质量不好还买不着的时候，修电器的师傅明确指出，开过后盖儿经过别人捅咕的电视机，修理费加一半。我们医院是全国各类疑难杂病中心，送到这儿就算送到头儿了，再说没治，就有什么好吃的什么爱吃的就吃什么吧。住院医看到推进来一个转了七八个医院的，肚子开了七八次的病人，头就不由自主地变大，光病历就成百上千页，跟普鲁斯特的《追忆似水年华》似的，几个晚上都读不完。难怪男人有处女情结。曾经沧海的姑娘柔情似水，好了伤疤忘了疼，只清楚记得萧郎的长处，接手的人持续时间短些、怠慢些、鼻孔毛长些、说话无趣些，姑娘便轻叹一声眺望窗外，窗外月明星稀。可是，话又说回来，人总是喜欢牛×。电器师傅捅咕亮了那台早就乱七八糟了的电视机，心情无比舒畅。我们医院的大夫每每想到自己是抵挡死神的最后一个武士，每每表情神圣。我们从小，一听到赛金花、苏小小之类九龙一凤式的人物，口水就分泌旺盛，寻思着什么时候能轮上自己。柳青这件翻译活儿干成了，我的翻译技术也算牛×了，我就又有一样养活自己的本事了，更不怕学校开除我了。

　　我跟我女友说，我接了个翻译录像带的活，挺急，三天后要交，我得自己回家做，家里有录像机。干完了，能发一笔小财，咱们大吃一顿，红烧猪头。我告诉我女友，她这几天可以在东单多逛逛，相中了什么花衣服，记下来，我得了钱之后去给她抓回来。我女友浅浅地笑了笑，说，你去吧，别太累，我要回北大去一趟，有点事儿。其他什么也没多问，这对于我女友很少见，她通常的做法是，不告诉我任何她自己的事情，对于我的事情，她需要知道所有细节，尤其是要知道谁是我的联系人，确定我只卖艺不卖身。我猜想，我女友可能还沉浸在大考完毕的空虚中，不想说话。不少人，大考完毕和性交完毕之后，常常感觉空虚，不由自主地认真思考，这一切都为了什么，这一切有什么意义。

我带着那三盘录像带回家，很快发现，这件事情不能用录像机做。我听一遍，记不下来听到的全部内容，用录像机倒带重放，又慢又毁磁头。家里一个人也没有，哥哥的反动《跟我学》就锁在第二个抽屉里，伸手可及。我担心我把持不住，再看一遍资本主义有多么腐朽没落。我的时间不多了，好些活儿要干，我不能浪费体力。于是我改变了策略，我拿录音机录下来录像带里的讲解，再根据磁带把讲解内容听写下来（录音机倒带重放快多了），然后逐句翻译。我带了录音机和磁带回学校，家里诱惑太多，又没人给我做饭吃。

狂干了五个小时，我基本把录像带中的英文听写下来了。头晕脑涨，得歇歇脑子，我回到宿舍，躺倒在床上，点着一根烟，烟灰弹到床头一个空酸奶盒里。

宿舍里清静无人，有女朋友的找女朋友去了，没女朋友的回家了，厚朴去学校图书馆借组织学的教学参考书了。我们下一门课该上组织学了，从组织的水平，更加深入地了解人的身体。像其他科目一样，中国的教材和国外的没法比，人家一两年更新一次，出新的一版，经典教材往往已经有十版以上的历史，并且印刷精美，图例清晰。国内的教材五年不更新一次，教材用纸比我们小时候当手纸用的报纸还差，上面的图片如画符捉鬼。我姐姐在网上读国内的新闻，说有个外科医生把病人的肝脏当成脾脏切下来了，问我，一个在右边，一个在左边，一个像块大三角铁，一个像个鞋底，怎么可能搞错？我说，你回来看看这些医生是读什么样的教材学出来的，就不感觉奇怪了。学校图书馆有新版的外国教材供我们参考，但是不够人手一册。尤其是图谱类，彩色铜版印刷，价钱太贵，图书馆一共也没有四五本，讲课老师还要私留一本，不能让学生比自己还清楚，所以常常借不到。厚朴总能借到，他动手奇早。"笨鸟先飞，我不笨，还先飞，就能飞得老高老高。"厚朴说。我想象厚朴这个胖子展翅高飞的样子，常常笑出声来。厚朴借回书来，怕我们找到，总藏得很隐蔽，然后就"此地无银三百两"，向我们宣传，尊重别人隐私是个人成熟的标志，是社会文明的写照。但是我们几个很少在乎个人成熟或是社会文明，需要看图谱的时候，乱翻厚朴床铺。就这么点地方，要找总能找到，比去图书馆方便。但是有时候，把厚朴梦遗后没来得及洗涤的内裤也搜了出来，恶心半天。六个医学博士挤在一间十二三平方米的宿舍，还有什么个人隐私、社会文明好讲？

我睡上铺，床很短，人躺在枕头上，脚伸一伸碰到床另一端的铁栏。对着枕头的一边是一面墙，刚从北大搬到医大的时候，我女友用大块白纸替我裱了一下那面墙。本来还要扯几尺布，把床四周罩起来，创造个人空间。我女友问我喜欢什么样的图案，是米老鼠还是牡丹花。

我说："算了吧。"

"为什么？"

"我也不是女孩子，要在床上换乳罩，不好意思让室友瞅见我的大小。即使我要换内裤，在被窝里可以进行，外人看不见。"

"还有呢？"

"我也不自慰，我有你，即使我要自慰，我有垂杨柳的小屋，要自提也不用在宿舍床上。"

"其他原因？"

"再说，同宿舍其他五个人都挂了床帘，我挂与不挂，效果一样。"

在我对面的墙上，我贴了一幅仇英的设色立轴山水，很好的印刷，我从灯市口东口的中国书店找的。我喜欢从范宽到朱耷，所有好山水。好的山水看久了，我的空间、时间就会错乱，人就在山水之间，一头花香雾水，看不见宿舍里肮脏的饭盆、水杯、牙缸、换洗衣服、桌椅板凳。我看过一幅漫画，犯人把狱室墙上的窗户勾了边，画两根天线，仿佛电视机，以后典狱长从窗口走过，向里面张望，犯人就微笑。

我的床上到处是蟑螂，辛夷睡在我下铺，说他做梦都梦见，蟑螂屎从我床上簌簌掉下来。我告诉他，那不是梦，有时候蟑螂和它们的屎一起掉下来，所以睡觉的时候千万别张大嘴。我的书没其他地方搁，我在床靠墙的一侧，高高低低码了一溜。蟑螂除了喜欢甜食，还喜欢书，它们喜欢容易藏身的地方。我对它们的感觉，从厌恶到无所谓到相安无事，与我对好些靓丽姑娘的感觉殊途同归,从惊艳到无所谓到相安无事。

我的书是蟑螂的都市。小到芝麻、大到花生,不同发育阶段的蟑螂徜徉其间。我带了一本精装的《鲁迅全集》到学校,不小心水泡了,硬书套中间凹陷下去,我放到书堆的最底层,想压平它,结果成了蟑螂的市政厅,它们在那个凹陷处聚会,讨论它们认为重要的事情。我闲极无聊的时候,我猛然掀开《鲁迅全集》上面压着的书,《鲁迅全集》上的大小蟑螂被突如其来的暴露惊得六神无主。最大的一只肥如花生,趴在烫金的"迅"字上,一动不动,时间一时凝固。三四秒钟之后,蟑螂们回过味儿来,互相交换一下眼神,随机分成两组,第一组朝"鲁"字,第二组朝"集"字,分头逃去。在我还没下决定歼杀哪组之前,全数消失。

夜里,不开灯,宿舍里也不暗。宿舍的窗户正对东单银街,五色霓虹泛进房间,五色炫目。一家叫作"新加坡美食娱乐中心"的光圈就在我们楼下,时明时暗,我的夜晚不是黑的。那个娱乐中心的南侧,是新开胡同。八点以后,天一黑,就有一家人在胡同口支个铁皮灶,卖炭烤肉串。男的戴个花帽,女的披个花围巾,儿子套个花褂子流个清鼻涕,一家人冒充新疆人。男的烤,女的收钱,儿子负责把风,看是否有工商执法前来收缴,肉串没了,儿子还负责骑车到不远的一间小房去取。男的富有创新意识,他们烤的肉串种类可多了，羊肉、板筋、羊腰、鸡心、鸡脖子、鸡腿，要肥有肥，要瘦有瘦，撒上孜然、辣椒末、精盐，炭火一烧，青烟一起，可香了。女的充满经营头脑，烤肉摊兼卖啤酒、"娃哈哈"、口香糖，还配了几把马扎儿，让人坐下来吃好、多吃。辛夷、黄芪掏钱请我吃了一回，见我没闹肚子之后，放心地吃上了瘾。我们常一人买十串、二十串当夜宵，就啤酒，王大一学期之内坐塌过老板娘两把马扎儿。十点来钟，小姐们到娱乐中心上班之前，到烤肉摊吃工作餐，上班的时候好有精神有力气。看着她们，小小的姑娘吃那么多烤肉串，我们想，有钱的大老板挺难对付，这碗饭也有难吃之处。有三四个小姐，我们常见，脸熟。她们买十串羊腰、一瓶"娃哈哈"，羊腰不许烤老，少放盐，多放孜然、辣椒末。胡同口挺黑，看不清她们的面目，炭火间或一旺，冒出火苗，看见她们涂抹得感觉夸张的油彩。我们坐在马扎儿上，就羊肉串喝啤酒，仰头看她们，觉得她们高大而美丽。她们吃完，签子扔了，买一包"绿箭"口香糖，打开包装，几个人分了，一边嚼，一边从小挎包里拿出瓶香水，喷去身上发散的膻味。一时风起，烤肉摊的青烟散开，她们轻薄的衣服飘摇，向娱乐中心走去，我们闻到香气，看她们穿了黑色长丝袜的大腿，消失在青烟里。

晚上两点，娱乐中心的霓虹准时熄灭，一些人恹恹地出来，钻进门口等着拉最后一趟活儿的"夏利"车，悄然而去。

没有了霓虹，月亮现出本来的蓝色，月光洒落，溅起街上的尘土。天凉如水，夜静如海。一个喧闹的城市真正睡去，我的大城像是沉在海底的上古文明。这种时候，我常狐疑，女鬼会从某个角落出来，她穿了黑色长丝袜，轻薄的衣服飘摇，她有一头又黑又长的头发。

我的初恋有一头又黑又长的头发，我高中的时候常常感觉她是一种植物。我在北大读医学预科的时候，上过两种植物学，我都学得很好。植物分类学教授，体健如松，头白如花。植物教授说，植物分类学是一门很有用的学问，比动物学有用。如果学好了，以后我们和社会上的姑娘谈恋爱，在街上闲逛，可以指给她们看，这是紫薇，这是玉簪，这是明开夜合，她们一定对我们非常佩服，然后我们再告诉她们这些植物都属于什么科什么属什么种，她们一定对我们佩服得五体投地，认为我们知识丰富。相比之下，动物学就没有如此有用，你和你女朋友走在大街上，绝不会有野兽出没供你显示学问。天气好的时候，我们在燕园里跟着植物学教授游走玩耍，采摘植物标本。我做了一个棣棠花的标本，夹在信里寄给我初恋，固定标本的纸板上写了"芙蓉如面柳如眉，对此如何不泪垂"。我是个快乐的人，不知道为什么到我初恋这里就忽然敏感而深沉。那个夏天，我和我初恋逛团结湖公园。这个公园就在她家楼下。她弟弟在家，那个夏天她弟弟一直在家，我说不如逛公园去吧，好像上次逛公园是小学时的事情了。我初恋换上白裙子、粉上衣，头发散下来，又黑又长，解下来的黑色绒布发带套在左手腕上。那天阳光很足，我还是想起了女鬼。如果我的初恋真的是种植物，她只有通过女鬼的形式才能展现人形。我的初恋说，她很喜欢我寄的棣棠花标本。我们坐在公园的一个角落里，地势隐蔽，一只小而精致的昆虫从我们坐着的条凳前经过，气质不俗。我初恋问我，这个昆虫叫什么名字。我说，我刚学完植物学，动物还没学到，无脊椎动物学要到下学期才上。我初恋说，好好学，我想知道它叫什么名字。后来，我动物学得了优秀，我知道了关于那种昆虫的好些事情，我还找到了一张美国印的明信片，上面印了这种昆虫交配时的场景。我初恋已经坐进了大奔，和少壮处长一起意气风发了。我再没逛过那个公园，没见过那种虫子，我想我初恋也早就忘记了。

我拔下耳机，按下随身听的放音键，老柴的《悲怆》响起，我的随身听音色不赖。我头晕脑涨的时候，常常想起我的初恋。其实，女鬼容易现形的时候，我都容易想起我的初恋，比如风起了，雨落了，雪飞了，酒高了，夜深了，人散了。《悲怆》响起，恍惚中我初恋就坐在我对面，人鬼难辨。我瞪着我的近视眼，她的样子清清楚楚。我看见她唇上细细的绒毛，好像植物花萼下细细的绒毛。我们安安静静坐着说话，她好像了解我所有的心情，我听不见我们说话的声音，我们絮絮叨叨，吐出白蒙蒙的水汽，凝在她细细的绒毛上，结成露水。

我想，一定是我生长过程中缺少了某个环节，阴阳阻隔，心神分离，才会如此纠缠。缺了什么呢？像哥哥那样浪迹街头，白菜刀进去，红菜刀出来？乱伦？遭遇女流氓？

那个夏天要结束的时候，我的初恋要回上海，她的学校要开学了。我问她，为什么当初不留在北京，事情或许要容易得多。

"我当初一个北京的学校也没报。我想离开，离开这个城市，离开你，重新开始。有其他姑娘会看上你，你会看上其他姑娘。也会有其他男孩看上我。你、我会是别人的了，想也没用了，也就不想了。"

"现在觉得呢？"

"想不想不由我控制，没有用，还是要想的。我当时展望，你会在某个地方做得很好，会了不起。我呢？会有人娶我，我会有个孩子，他会叫我妈妈。一切也就结束了。"

"我是没出息的。刚能混口饭吃就沾沾自喜，自鸣得意。"

"不会的，你会做得很好。我要是认为你不会做得很好，我就早跟你分了。"

"为什么呀？我们不是需要鼓励上进吗？"

"你这棵树太大了，我的园子太小了。种了你这棵大树，我不知道自己还有没有心平气和的日子，我还有没有其他地方放我自己的小桥流水。"

"我又不是恐龙，又不是粗汉。"

"不是你的错。是我量小易盈。其实不是，其实我一直在等一棵大树，让我不再心平气和，让我没有地方小桥流水。我好像一直在找一个人能抱紧我，掌握我。但是等我真的遇见这样一个人，好像有一个声音从心底发出来，命令我逃开。"

"我不是大树。有大树长得像我这么瘦吗？我没像你想的那么多。我高中的时候遇见你，这件事对我意义重大，这件事可能跟你一点关系也没有。我知道挺难懂的，我都不明白。举个极端的例子，别嫌恶心。人们把死去和尚的牙齿放在盒子里，叫作舍利子，还盖个塔供奉。这口牙什么都不知道，但是对供奉它的人很重要。有时候，我觉得，我是看着你长大的。你别误会，我说的是，我看着你，我自己慢慢长大。没有你，不看着你，我感觉恐惧，我害怕我会混同猪狗。有了你，我好像有了一个基础，可以看见月亮的另一面，阴暗的、在正常情况下看不到的一面。我好像有了一种灵气，可以理解另一类，不张扬的、安静从容的文字。拿你的说法做比喻，一棵树可以成长为一棵大树，也可以成长为一个盆景。即使成为大树，可以给老板做张气派的大班台，也可以给小孩做个木马，给老大爷做口棺材。如果我没有遇见你，我一定认为，一棵树只能成长为一棵大树，只能给老板做张气派的大班台。"

"你既然都长大了，都明白了，还理我做什么？"

"经是要天天念的，舍利子是年年在塔里的。"

"花和尚念《素女经》。舍利子在不在塔里，对和尚来说，不重要。和尚只需要以为舍利子在塔里。"

"我不能糊弄自己。我不握着你的手，怎么能知道你在？"

"你可以握别人的手，你学医的，该知道，女孩的手都是肉做的，差不多。"

"差远了。我希望你知道，你无法替代。现在，猩猩不会一觉醒来，发现自己变成了人。时候不对了。你可能不是最聪明最漂亮的，但是你最重要。我是念着你长大的，男孩只能长大一次。你不可替代。别人再聪明再漂亮，变不成你。时候不对了。"

"可我要走了，要到挺远的地方去。"

"我有办法。没有手，我也能拥抱你。没有脚，我也能走近你。没有阴茎，我也能安慰你。"

"你为什么总要把美好的事物庸俗化？"

"我紧张。"

"等我回来，我们就不用紧张了。"

"问你一个问题，我几乎已经快忘记我曾经见过你了，忽然有你的信，忽然发现你对我的称呼只剩一个字了。这个称呼你是怎么想起来改的呢？"

"我不讲。"

"讲吧。"

"你好像总想把什么都分析清楚。"

"理科训练，职业习惯。"

"我觉得，把你全名的两个字都写上去，很别扭，在纸上不好看。再说，我想，就凭我想你想了五年，一句话也没有当你面讲，也该叫你一声'水'。"

"你怎么下决心，不逃了呢？"

"天大不如心大，逃又能逃到哪里去？你说我逃得掉吗？"

"你逃得出你的心，也逃不出我的心。我的心会念咒语，我念过《抱朴子》《淮南子》。你不能让我不想你，没人能。我会想得你心绪不宁。"

"所以我不逃了，我掉转过头，倒看看，这个著名的采花大盗能把我怎么样。"

"不要听别人谣传。赌了。"

"赌了。"

"等下个暑假，我们一起去爬黄山。"

"黄山四季都不一样，都好看。"

"我们就夏天、秋天、冬天、春天都去一次。"

"还有别的地方。"

"好，还去别的地方。过三天你走，我送你去车站。"

"好。"

第二天，我正在想，这回送我的初恋，我只好去她家，好像不得不面对她的父母。她弟弟，我可以不买账。她父母，一定得小心对付，表情要谦和，说话要得体，不能诲淫诲盗。她忽然打来电话，说有朋友要送她，实在推不掉。

"能讲具体点吗？"

"那个处长，我和你讲过的。他陪他们老总到我们学校做过报告。当时是个冬天，他披了件半旧的军大衣，我老远一看就知道是北京人，一个人在外地，看见穿军大衣的北京人，特别亲切。他告诉我，他们进出口公司明年要在我们学校招人回北京，知道我的专业对口，老师又跟他们说了我不少好话，他希望能和我保持联系。我想，他们公司挺好的，回北京又能和你在一起，就把电话给了他。"

"他当然就打了电话，而且常常打，天天打。"

"是挺烦人的。他说要送我，找了车。我讲票还没拿到，他讲哪天的票，他就哪天送。我又推，还是推不掉。我爸爸都烦了，跟我说，那个处长想送就送吧，又不是把人送给他，让我弟弟跟我一起去火车站好了。我现在知道你的苦处了。我老听同学说，秋水这学期又被谁缠上了，又和谁搅不清了。我在旁边一边犯酸，一边想，这个浑蛋好有福气。以后我再听见，我肯定不会想你好有福气，我一定在旁边幸灾乐祸。但是，你听好，醋，我还是会吃的。你别不高兴，好吗？"

"不要拐到我这里来。我们在说你和你的处长。其实没什么，我只是希望，今年夏天，我是你在北京看见的最后一个人。"

"你要是这么讲，我现在就打电话把他回掉，我告诉他，他不是我想在北京看见的最后一个人。其实，我只是想找个机会把话给他讲得更清楚些。"

"好啊。你怎么方便怎么来吧，我也找不到车送你，我只有一辆旧自行车。别因为我为难，别考虑我。"

"我当然要考虑你。我要见你，明天下午我过去，我送你，我送你回北大。"

"你要是不方便就算了。你不是还有不少同学没见吗？而且，多花点时间陪陪你爸妈。"

"我方便。我要见你。我要陪你回北大。我要再看看静园，想想你第一次是怎么抱我的。"

在北大静园里，四下无人，周围尽是低矮的桃树和苹果树，花已落尽，果实还青小，没成气候样子。我说："今年夏天，我希望我是你在北京抱的最后一个人。"

"好，这个夏天，我也只抱了一个人，也就只有一个人抱过我。"

分开的时候，她跳上一辆302公共汽车，她最后一句话是："水，熬着。"

我的初恋到了她的学校，发了封电报，电报上四个字：平安，想你。这封电报被负责领信件报纸的杜仲截获，之后的一学期，杜仲见了我，就说"平安，想你"。后来厚朴和杜仲觉得这四个字能当好的口令，比"长江""黄河"另类，比"臭鱼""烂虾"保密。俩人见了面就互相拷问，宿舍里"平安""想你""想你""平安"之声不断，我屡禁不止，他们越说越来劲儿。

那段日子，我很少说话，我天天写信。我到邮局买了一百五十张邮票、一百五十个信封，我把邮票贴在信封上，把我初恋的地址写在信封上。我不看日历，我写信，我一天一封，一百五十个信封用完，她就又回来了。我在各种纸张上写信，撕下的一页笔记本，哥哥给我的大饭店信笺，植物叶子。我找各种时间，想她的时候就写下来，我自行车骑得很好，我双手撒把，一手拿纸，一手拿笔。我在信里夹寄各种东西，卡通、花瓣、纸条、蝴蝶翅膀、物理电学实验上用细电线弯的心形、有机化学实验提炼的白色茶碱结晶。上完有机化学实验，我和厚朴把实验结果带回宿舍。我仔细包了个小纸包，随信把我提炼的茶碱寄给我的初恋，她向来爱睡觉。正值考试季节，茶碱提神。为了准备第二天的物理笔试，厚朴把他提炼的小十克茶碱一茶杯都喝了下去，结果十分钟后就倒下了，一直睡到第二天，睡得口水流了一枕头，我们小针扎、凉水浇、鞋底子抽，怎么也弄不醒，不知道什么道理。我电话打不通，我想我初恋宿舍楼的电话一定像我们女生楼的一样难打，我赶快发电报："信内白粉，弃之如毒。

慎！慎！"结果我初恋被她学校保卫处叫去，审查了整整一天。那以后，我没再乱寄过其他东西。信里，我什么都写，我想，我将来万一落魄当个作家，还要仰仗那时候打下的底子。从那以后，我才明白，十几万字的长篇小说，凑凑、贫贫，也就出来了。

我天天收到我初恋写给我的信，很快，就积了一大包。我找了一个木盒子，仔细收了。本来想留着显摆给将来的孩子看，到那时候，每人都有一屋子CD，没人有一盒子情书。但是，后来，那些信都被我烧了，那个木盒子也烧了，我找的黄山地图也烧了，那张美国印的有那种昆虫交配场景的明信片也烧了。我初恋用了某种古怪的信纸，不好烧，但是烧着了就不灭，冒蓝色的火苗。第二个暑假，黄山没有去，当时我怕爬上山顶，想通了，一高兴就跳下去。后来，黄山渐渐成了我的禁地。有一次萌了念头要去，没过一个星期，下楼的时候，莫名其妙地踩空，左脚踝折了。另一次想去，已经上了飞机，飞机出了故障，差点没掉下来，迫降在天津。

我在我的床上好像睡着了，还做了个梦，梦见一个女鬼，一头又黑又长的头发。她的声音遥远，她反复唱一首歌：

昔年种柳，依依汉南。

今日摇落，凄凄江潭。

树犹如此，人何以堪？

第十八章
清华男生

"咱们还是分开一段时间吧。"我的女友平静地对我说。

我赶完给柳青的翻译活儿，打了个车给柳青送去。柳青在像模像样地主持会议，透过半掩的会议室门，我看见她穿着剪裁贴身的套装，头发盘起来，一丝不乱，很职业的样子。她站在黑板前，比比画画，面对几个呆头呆脑的男女。柳青的秘书是个小美人，齿白唇红，头发顺顺的，胸部翘翘的。我对小美人说，叫柳青出来一下吧，我有件东西，她急着要。我没耽误柳青干正事儿，把翻译稿给她，跟她讲，活儿在这儿了，应该没什么问题，有事再找我，我要回去睡点儿觉。柳青包了一大牛皮纸信封的钱，说现在走不开，钱是一万整，让我好好休息，睡醒一定给她打电话。我从来没拿过这么多钱，放进书包，心里惴惴的，好像钱不是自己挣来的，而是偷来的。我头晕脑涨，回到宿舍倒头就睡。没睡多久，我被胡大爷吵醒，说急事，让我帮他写毛笔字。我问写什么非要这么急。胡大爷说，写"大便完，放水冲"，字大些，墨浓些。根据未冲的大便性状判断，不守公德的人不止一个，问题严重，这种恶习不可放任自流。我打着哈欠，问胡大爷需要写几张，胡大爷说二十张。我问为什么要那么多。胡大爷说，厕所门口两张，每个大便池前后各贴一张。我说我们只有四个大便池。胡大爷说，要有全局观念，难道女生不大便吗？女生厕所也有四个大便池。我问女生们也不冲吗？胡大爷瞪起他的金鱼眼，垂着两个大眼袋说："更够呛。"我写完毛笔字，再躺下，没十分钟，黄芪和杜仲进来，拎着一只剥了皮的肥兔子。做实验的人好像总对实验动物的吃法充满热情，黄芪和杜仲大声讨论该如何尽善尽美地吃了这只兔子。最后决定，杜仲到红星胡同再买两斤五花肉、半斤东北的野生干蘑菇，和兔子一块炖，不柴，又香。黄芪负责把兔子剁成块，插电炉子，支锅，烧水。炖肉的香味渐渐传出来，我的头更晕了。这时候，我女友敲门进来，说有点事情找我谈。我们一起上八楼，八楼平台一个人也没有，正黄昏，平台窗户一片金色阳光，透过窗户，我望见我们医院的新住院楼，稍远处的王府饭店，更远处的景山、紫禁城。然后，我就听见我女友开门见山的这句话，我的头立刻不晕了。

"你说什么？"我怕听错了。

"咱们分开一段时间吧。"我女友重复了一遍。

"你什么意思？"我怕我理解错了。

"我的意思是说，分开一段时间，你做你的事情，你不是有很多事情可做吗？我做我的事情。"

"那，我们还一块儿吃饭吗？"我本能地问道。如何解决一日三餐是我永恒的恐惧，我女友一度怀疑我和她在一起，主要是贪图她的厨技和吃相。我从小没有受过任何训练，什么饭都不会做。家里唯一能炒会涮的姐姐很早就出国了，父母又忙，我和哥哥常常为吃饭犯难。哥哥比我还懒，实际上，我从来没见过比我哥哥更懒的人，他是个天才，他睡懒觉儿可以一睡二十个小时，不吃不喝不上厕所。我和哥哥周末独自在家，我读书，他睡觉。到饭点儿，他出钱，我去街上买四个鸡蛋煎饼，两个朝鲜小凉菜。四个煎饼，我俩一人吃两个，然后我继续读书，哥哥继续睡觉。有一个周末，我看《猫的摇篮》放不下，跟哥哥说，这回我出钱，他去买煎饼。过了一会儿，哥哥回来，只带回两个煎饼，我俩一人吃一个。吃完，停一阵儿，哥哥问我，饱吗？我说不饱，我反问他为什么不买四个。哥哥说，懒得等了。

"既然说分开，还是先自己吃自己的吧。"我女友说道。

"还一起上自习吗？"

"既然说分开，还是先自己上自己的吧。我们如果碰巧坐一起，也不必故意避开。"

"还一起睡觉吗？"

"既然说分开，还是先自己睡自己的吧。"

"那你的意思是，我们不再做男女朋友了？"

"这段时间，是的。"

"这段时间多长？一个星期，两个星期？"

"我不知道这段时间有多长。"

"好了，你别闹了。我刚得了钱，咱们先去吃一顿，然后到东单街上找些花衣服穿，换季了，你也该添些花衣服了。"

"我没有开玩笑。"

"好了，我知道这两天，我忙着干那个翻译活儿，没好好陪你。我干的也是正经事呀，翻译可以锻炼英文。"

"和你干活儿没有关系，我怎么会怪你干正事？不仅仅是这几天，你有好好陪过我吗？"

"当然。"

"你我之间不公平，我太喜欢你，我一直努力，一直希望，你能多喜欢我一点，但是我做不到。"

"我可喜欢你了，我只是一个害羞而又深沉的人，不善于表达。"

"我不想和你玩游戏了，你是号称文章要横行天下的人，和姑娘一对一聊三次天，姑娘睡觉不梦见你，才是怪事。"

"那是谣传。"

"我不想知道那是不是谣传。我问你，我希望你心平气和地说实话。我想知道，你觉得你和我在一起，有没有激情？"

"当然有。"

"你不要那么快地回答我，好好想一想，要说实话。我说的是激情。"

"当然有激情，要不然，我怎么能跟你犯坏？"

"那不是激情，那是肉欲。我不想你只把我当成一起吃饭的，一起念书的，一起睡觉的。我说过，我们不公平，我想起你坏坏的笑心里还一阵颤抖，你想起我的时候，心跳每分钟会多一下吗？我是为了你好，我们还小，我们还能找到彼此都充满激情的对象。你的心不在我身上，我没有这种力量。我没有力量完全消化你，我没有力量让你心无旁骛，我没有力量让你高高兴兴。"

"但是你有力量让我不高兴。我不想和你分开，和你分开，我很难受。我们已经老了，二十五岁之后，心跳次数就基本稳定了。我现在敲女生家门，即使屁兜里装了安全套、手里捧了一大束玫瑰藏在身后，心也不会跳到嗓子眼儿。我除了吃饭、念书、睡觉，我不会干别的。我只想仔细爱你，守住你，守住书，守住你我一生安逸幸福。"

"你是在自己骗自己，你是在偷懒，我可以继续跟着你，做你的女朋友，但是最后后悔的是你。你的心依旧年轻，随时准备狂跳不已。只是我不是能让你的心狂跳的人，我不是你的心坎，尽管我做梦都想是。"

"心坎这个词你是听王大说的？王大拉你去JJ跳舞了？"

"这不重要。话既然说到这儿，我还是和你挑明了吧，你心里还有别人。"

"我心里还有我老妈，还有祖国，还有党。"

"我在和你说正经事。你心里还有你的初恋。"

"那是过去的事情了。我没有本事，我不是学数学、学理论物理的，我造不出时间机器，我不能改变过去。我是首先遇见她，但是我是被你破了童男之身的。你遇见我之前，也不是除了你爸，没有遇见过别的男人。过去的事情就让它过去吧，让我们放眼未来，你不能对我始乱终弃。"

"你不要转换话题，你现在心里还有。你把钱包拿出来。"我女友伸手从我裤子屁兜把我的钱包拿了出来。我的女友把手放在我裤兜的时候，偶尔问我，我裤兜为什么不是漏的，为什么没有个洞可以与我的身体相连。我说我也不知道，裤子从商店买来，裤兜就不漏，就没有洞与我的身体相连，应该是设计问题。我女友回忆，我第一次和她约会的时候，我穿了一双拖鞋，鳄鱼短衫，口袋里一支日本进口的水笔，水洗布裤子。她和我拥抱的时候，渐渐感觉我的裤兜鼓鼓囊囊，以为我家那边治安不好，屋里屋外安了好些锁，我裤兜装了一大串家门钥匙。我女友说，她过了好些日子才明白，那鼓鼓囊囊的不是钥匙，而是我的小弟弟看见她就十分欢喜。总之，我女友和我小弟弟的关系，比和我的关系好。我女友对我的一切，比我自己还熟悉。

她两指从我钱包的最深层，钳出一颗很小的用红色绸条编的心，幽幽地说，"'晚霞中的红蜻蜓，请你告诉我，童年时代遇到你，那是哪一天？'回忆是能杀人的。秋水，你难道不想再问问你初恋，你在哪里呀？那是哪一天？"

"你偷看我日记！"

"你别生气。我第一次见，比你更难过，我偷偷哭过不止一回，然后还得在你面前装作什么都没看见，什么都不知道。现在好了，我不难过了。你也不用生气，我以后再也不会看了，我没有那么贱。"

"我告诉过你，我的日记不能动，你说过要尊重我的个人隐私。"

"我已经动了，我不想被人卖了还替人点钱，我只是想充分了解你，看我能不能对你以性命相托。现在好了，我动了你的日记了，我没尊重你的隐私，我伤害了你的自尊心，你有一个充分理由可以说服自己和我分手了。"

"那个人是谁？"

"你在说什么？"

"不要侮辱我的智力水平。那个人是谁？"

"你我之间的问题是你我之间的问题，和其他人没有关系。你好，你非常优秀，但是我消化不了，我无福消受。你现在难受，只是不适应，咱们毕竟在一起时间很长。但是，一切都会好的。这阵子，你多回回家，你很快就会适应。我知道，有好些姑娘想和你一起吃饭，一起读书，一起睡觉。只是现在，消息还没有走漏出去，你要耐心等待。如果你感觉到一点难过，你不要借酒消愁，不要乱找姑娘，不要害人害己。你会因为我离开而难过吗？"

"那个人是谁？"

"我不是不喜欢你，我怎么可能不喜欢你？我将来不可能喜欢别人比喜欢你多。但是，我可以忍受有别人的时候我还想你，但不能忍受有你的时候我想别人。我现在想别人，就是这样。"

"那个人是谁？我们难道非要这么说话吗？我们是学自然科学的人，说话要遵循逻辑。"

"一个清华男生。研究生，学计算机的。"

果然是清华男生，又是清华男生。

几乎所有好姑娘，轰轰烈烈、翻云覆雨、曾经沧海之后，想想自己的后半生，想想也无风雨也无晴，想要找个老实孩子嫁掉，就会想起清华男生。这已然成为一种时尚。姐姐来信说，让我见过的那个美国才子，要是在半年之内还拒绝放弃居无定所的生活方式，不安定下来，她就会在硅谷找个清华毕业、学计算机的工程师嫁了。姐姐说自己毕竟已经不是妙龄少女，粉底上轻些，皱纹都要遮不住了，而且看上了一处旧金山的房子。清华男生在硅谷都有股票期权，吭哧吭哧编软件，没准哪一天睡醒，公司上市了或者被雅虎买了，就成了百万富翁，可以在旧金山那种房子贵得像胡说八道的鬼地方买房子了。伤心之后的好姑娘，如果想找，也一定能找到清华男生。清华男生属于流寇，他们长期穿着蓝白道的运动服，骑着从偷车贼手上买来的二八车，留着平头，蓄着半软不硬的胡须，一脸青春痘，四处流窜于各大高校，建立友谊宿舍，参加各种舞会，倾听各种讲座，留意路边每个神情恍惚、独自游荡的漂亮姑娘，问她们未名湖怎么走。我理解，这种情况的形成，不能完全怪清华男生。清华的女生太少了，四五十人的班上，常常只有一两个女生，而且不管长相如何，都要多牛×就有多牛×，以为梳个辫子，戴个乳罩就迷人。我一个上清华电机的高中同学告诉我，他们班上一个女生，好大一张脸，一眼望去，望不到尽头，绰号"大月亮"。但是"大月亮"在班上还是不愁捧月的众星星。别的学校，女生宿舍也严格管理，也从街道请来大妈当管理员。但是清华的女生楼叫"熊猫楼"，要拉电网，焊窗户，养狼狗，从监狱、法院聘请离退休的老女干部当管理员。我的那个高中同学告诉我，清华女生楼本来没焊窗户，但是一个夏天的夜晚，一个男生在窗外施放乙醚，熏倒屋里的女生，跳进去，正要图谋不轨，女生醒了，高叫"抓流氓"，那个男生仓皇逃脱。这就是后来传到社会上，轰动一时的高科技强奸未遂案。我的高中同学还告诉我，清华女生楼本来只有一楼焊了窗户，但是一个冬天的夜晚，管理员发现女生宿舍二楼窗户上挂了个军绿色的棉大衣，很是不解，突然又看到，那个棉大衣在动，立刻高喊"有人扒女生宿舍"。从那以后，所有窗户都焊了铁条。但是不管成因如何，清华男生成为社会上一种恶势力，让我们这些没上清华的男生心中恐惧。我们清楚地意识到，所有小美人背后，都有清华男生这股恶势力撑腰，无论她们多么淫荡、多么薄命，都有这股恶势力保底。

"他特别喜欢穿运动服吧？"我问。

"清华男生都喜欢穿运动服。"

"那你一定很高兴。"

"我为什么高兴？"

"你可以方便地感受他的勃起，可以方便地放自己进去，可以方便地脱掉它。"我有很好的记忆，我认为这是一个劣势，在漫长的进化过程中，我这种倒霉东西是必然会灭绝的。

"你病态。"

"你怎么认识他的？"

"你有必要知道吗？"

"我想了解你。我知道一下，也无伤大雅。"

"舞会。"

又是舞会，除了舞会还能是哪儿？

我从小习惯性沾沾自喜，自鸣得意，以为是根大葱。舞会是我的命门，我五音不辨，下肢麻木。我隐藏在舞场阴暗的角落里，看舞池里的狗男狗女，觉得世界离我很遥远。狗男格外英俊，狗女格外美丽，他们像我印象中各种轻盈而飞舞的东西：蝴蝶、杨花、落叶，我感觉自己卑微、渺小、低能。我迈着步子，还要听明白节奏，还要踩在点上，还要两眼看着面前的姑娘，还不能踩着人家的脚或是踩掉姑娘的裙子，太复杂了。这不是态度问题，是能力问题。我态度端正，我是个热爱学习的人，我知难而上。我抱着厚朴、辛夷、宿舍凳子都练过，但是上了舞场还是个傻子。我在家翻哥哥的毛片，顺带翻出一本七十年代末出版的《怎样跳交谊舞》，绝对珍品。前言讲跳交谊舞不是资本主义的专利，我们社会主义青年跳的时候，想着社会主义建设，想着实现四个现代化，就能化腐朽为神奇，一边跳，一边反映我们社会主义青年的风貌。当时，我的哥哥们在长期压抑之后，为了避免成为变态，为了寻找一个适当的拥抱姑娘的理由，费尽苦心。他们留长头发、大鬓角，他们穿包屁股的喇叭裤，他们拎着日本淘汰下来的四喇叭录音机晃荡在北京街头，寻找姑娘跳交谊舞。如今哥哥们已经退出了街头的战斗，没入城市阴暗的角落。阴暗角落里，各种娱乐场所里女人们刻意打扮，刺激哥哥们某种激素分泌，女人们忽隐忽现、若明若暗，像是商场里货架上的时装或是苹果树上结的果实，供人挑选采摘。哥哥们体会需要，比较价钱，评估风险。经济社会了，交往必须正常进行。如今也不用哥哥们穿喇叭裤打扫街道了，有街道清扫车，一边奏着电子合成版《十五的月亮》，一边缓缓驶过街道。街道现在是老头老太太的，他们扭秧歌、练气功、买卖各种伪劣产品、听信谣言，他们的退休金不够吃饭，他们是无产阶级，他们激素分泌衰弱，他们时日无多，他们无所畏惧。老头老太太们也在立交桥底下、公园角落跳交谊舞，也用四喇叭录音机，两眼也色眯眯的，但是他们不留长头发、大鬓角，不穿包屁股的喇叭裤。他们是现在的革命者。谁占据街头，谁就是革命者。谁退到城市角落，谁的气数就尽了。李渔退出街头，成了小生意人。苏小小退出街头，成了商人妇。我哥哥偶然看见我对着《怎样跳交谊舞》发奋研析，劈手夺过来，对着封面愣了好久，然后叹了一小口气，嘟囔一句"我×"。我还向姐姐求救，她的舞技名震硅谷，我说，给我弄本教国标舞的书吧，难一点的，我用哥哥的《怎样跳交谊舞》入门，然后用姐姐的外国书扬名立万，争取一学期内舞技名震北大学三食堂周末舞场。姐姐的书寄来，我被要求到南纬路某个特别邮局验关提书，所有的书寄到北京都在那个邮局验关提书。负责接待我的科员，左眼角一颗黑痣，上面斜滋半根黑毛，相书上典型的淫邪之相。她没看见明显的淫邪图片，有点失望，忽然发现书上标着数字的繁复步法，怀疑是资本主义某种淫邪的床上功夫，问我是什么。我说是外国人发掘整理的我国某种失传轻功，我们祖宗的好东西，不能外国人会，我们反而不会。科员赞同了一声，就放我走路了。我看着这两本跳舞教材，如看天书，我照着书上标着数字的繁复步法凌波微步，最后摔倒在宿舍床上。我女友看见我研析《怎样跳交谊舞》，莞尔一笑，仿佛潘金莲看见人家研析《怎样上床》。女友说:"把书扔了吧,别对书有迷信,我来教你。"北大十点自习室关门,关门后,我们来到北大学三食堂前面,这里有一片柿子树林,枝叶不茂盛,借着夜色,勉强阻挡外人视线。我们在柿子树下支了自行车,然后搭起架势,开练。我女友对教我习舞的热情很高,我会了,自然就能和她一起去了,省得每次想去又顾及我,怕我一个人在教室想她怎样被哪个半学期没近女色的清华男生抱着。我女友一边哼着舞曲,一边引领我走步子。她身体壮实,但是步法极其轻盈,一推就走,一揽就入怀,每块肉仿佛自己就会踩点,不用大脑支配。我想起《唐书》中对大肚子安禄山跳转圈舞的记载,不再怀疑其史笔的真实可靠。我女友在几次讲习以后说:"你可真笨呀,人还可以这样笨呀,我找到你的命门了。以后再有哪个女生对你感兴趣,我就替你们俩买两张舞会票,她和你跳完,对你怎么也没兴趣了。"《脊椎动物学》上,我们观摩一部纪录片《动物的生殖》,马、仙鹤、野狼等各种野兽在交配之前,都要发出各种嚎叫,表演各种动作,和我们唱歌跳舞一样。我女友看完后继续嘲笑我:"你要是动物不是人就惨了,别说艳名动四方了,解决生理需要都有问题了。"我说不怕,我给母马、母仙鹤、母野狼讲黄故事,月亮圆了,风起了,她们无法入睡了,会来找我。我女友说:"我现在就找你。你学舞也学烦了,我也教累了。咱们到后湖走走吧。"我们来到那棵丁香树下,丁香树覆盖四野。

我女友说:"现在时间不早了。丁香花绝大多数是四瓣的,五瓣丁香绝无仅有。我们以学业为重,严格要求自己,我现在随便摘一枝丁香花,从远枝端开始数,数十朵丁香花。我在这十朵之内摘到几朵五瓣丁香,咱们今天就犯几次坏。要是一朵五瓣丁香也没有,你我一次也不许坏,你送我回宿舍。"我追随我女友在柿子林习舞,多数时候都在丁香树下如此结束。

"那个清华男生舞跳得怎么样?"我问。

"还行吧。"

"你是不是该洗澡了?"我问。

"怎么忽然问这个?你怎么知道的?"

"你猜。"

"我头发出油了?有味道了?"

"咱们太熟了。"

"这才可怕。你是我的鬼,我知道躲不开,我怕毁了你。"

"你现在一样毁了我。"

"秋水,相信我,困难只是暂时的。"

"你相信不相信破镜重圆?"

"我从来不相信,但是这次我有一点相信了。我说不定会回来,我有种直觉,我逃不掉。"

"我不相信破镜重圆。算了吧,你自己尽兴些,不要给自己留后路。"

"咱们再看。"

"你抱他的时候会不会想起我？"我问。

"当然。"

"那你最好别找太瘦的。"

"他不能算瘦。"

"这我就放心了。"我忽然发现，我女友饮食有节，起居有度，把自己照顾得好好的，我没有什么好嘱咐的。"你的一些东西，我回宿舍找找，马上给你送回去，你到你宿舍等我一会儿。"

"算了吧。我在你那儿的东西就算你的了。"

"我还是还你吧，省得睹物思人。再说，我在你那儿的东西还想拿回来呢。"我也知道，还不干净。一个人经过一个女友，就好像一个国家经过一个朝代，好像清干净了，但是角落里的遗迹、脑子里的印迹会时常冒出来，淋漓不尽。

"那好，随你了。"

我一转身，我明白，我身后的女友就会马上消失。以后，她就是我前女友了。她穿了一条厚毛料裙子、一件白毛衣。我无比熟悉的这些地方，将来再摸，就是耍流氓了。这件事情，我越想越怪异。

我回到宿舍，宿舍里一屋子人，敲着饭盆，托着腮帮子，闻着肉香，等待肉炖好，杜仲和黄芪维持秩序，严禁猴急的人在肉炖到完美之前偷吃。我把我女友放在我宿舍的小东西收拾了一个包，还有那个印着"北大女子八百米冠军"的饭盆，还有我盖的被子。我敲我女友宿舍门，把这些东西还给她。她好像也不特别开心，我问她为什么呀？不是新换了男朋友，还是清华的，还喜欢穿运动服，不是挺好吗？她没搭理我，很慢很慢地收拾她自己的东西，她的眼圈倒比我的还红，这件事越来越怪异。我把饭盆放在她桌子上，她问我，饭盆还了她，我吃饭用什么，我说用嘴。我帮她把被子放在她床上，她问我，被子给了她，我今天盖什么，我说我回家去睡。

我盯她的床，思绪万千。我对床的所有概念都与我女友紧密相连，她是我和女性肉体唯一的联系。在我的记忆中，世界虽大，我和我的女友却永远没有一张床可以安心犯坏。我们总是没有地方，总是奔走，心惊肉跳。我和我的女友都精于逻辑分析，算好宿舍应该没人回来，不必再去丁香树下，天气有时太冷，不适合户外活动。但是人算不如天算，事情能出错的时候，一定要出错，我们不止一次被人堵在床上。

有一次是被我的高中同学堵在我宿舍里。当时在北大，那时候，没什么人有呼机、手机，下雨了、飘雪了、想和一个人喝酒了，骑了自行车就去了。世界变化很快，五六年后，这种行为就和手写情书等一起濒临灭绝了。我们高中同学之间关系很好，臭味相投，有十来个人形成组织核心，常常找各种理由，匪聚在一起，大碗喝酒，胡乱说话。高考之后，我们有了一个可以长期使用的理由，我们要庆祝我们高考的胜利，于是在寒假、暑假、各种法定节假日互相请客。上重点大学的先请，上普通大学的后请，家长也不得不支持，毕竟是个正当理由，而且其他同学都请了。后来女生也参加进来，有女生闺房可看了，大家的热情立刻高涨，于是庆祝高考胜利的群众运动轰轰烈烈开展起来了。实际上这场运动一直持续了六七年，好些人大学都毕业两年了，还在和我们一起兴高采烈地庆祝高考胜利。家长们对这场运动是有抵触情绪的，他们倾向于把我们称为鬼子，把我们的到来称为扫荡。最凶的一次，我们从上午十点喝到下午六点家长下班，我们小二十个人喝了八箱啤酒，塑料啤酒箱从地面一直堆到厨房屋顶。家长爸爸进门之后，看到四五个人醉倒在他家大床上，横着躺着，鞋在脚上。没醉的几个在客厅支了两桌麻将，每人一手一根烟卷，一手一瓶燕京啤酒。他儿子僵直坐在沙发上，目光呆滞。家长爸爸用手指捅了他儿子一下，他儿子一口吐出来，喷了他爹一身，然后也倒在床上，不省人事。打麻将的里面有懂事的孩子，问家长爸爸，要不要上牌桌，和我们一起打四圈。家长爸爸没理他，换了衬衫，从厕所拿出墩布，开始打扫他儿子的秽物，三十分钟之后，终于忍耐不住，说，同学们，时间不早了，你们该各回各家、各找各妈了吧！所以后来，我们都尽量避开家长，早去早走，留下同样的狼藉。有一次例外，我们特地趁一个家长爸爸在家的时候赶到。这个家长爸爸是淮扬菜的特级厨师，副部长级以下，花钱也吃不到。家长爸爸噘着嘴做了两桌席，我们吃得兴高采烈。我们都对那个高中同学夸赞，咱爸爸手艺就是高，噘着嘴都能做得这么好吃，真不容易。后来这场运动衍生出另外一个高校串联运动，说到底还是吃喝。这个运动的缘起是一个高中同学听说某些高校食堂，国家有补助，就想知道到底哪个大学哪个食堂，又好吃又便宜，还有赏心悦目的姑娘下饭。他们很快认定了北大，觉得饭菜又好又便宜又多选择，女生身材又好又有气质又大方不怕人使劲看。我下午下课回宿舍，常常发现门口聚了十几个高中同学。宿舍大爷偷偷问我，是不是在外面惹了事情，人家来寻仇，要不要叫校卫队。我说，您看他们十几个人不是腰带上别着筷子就是衬衫口袋里插着叉子，一副满脸笑嘻嘻不是好东西的样子，像是寻仇的吗？那次，就是让这帮人把我和我女友堵在了宿舍里。我和我女友躺在我的床上，我的高中同学狂敲宿舍门，我女友说，就是不开门，打死也不开，看他们能饿到什么时候，然后拿出一块“德芙”巧克力和我分了，告诫我，少喝水，避免上厕所。我的高中同学敲了一阵门，不敲了，他们席地而坐，开始胡说八道。一个人回忆高中的时候上数学课：“坐在数学老师前面可倒霉了，丫说话跟淋浴似的。”一个人总结他们高校串联出的经验：“人要聪明一些，在不同的学校招引姑娘，要用不同的方式。在艺术院校，要戴眼镜、捧书本。在工科大学，要拉小提琴、弹吉他。"一个人抱怨大学班上的女生难看："我们机械班的女生长得像机床也就罢了，算有专业天赋吧，但是我们班的女生简直长的像机床后座。"另一个农业大学的不服："那叫什么难看。你说瓜子脸好看吧，我们班女生有好几个是倒瓜子脸，不仅倒瓜子脸，有人还是倒瓜子缺个尖，梯形！"我女友眼睛冷冷地看着我，意思很明显，是责问我怎么有这样一帮同学。我对我女友说："现在你知道了吧，我现在这个样子都是坏孩子带的，我是无辜的。"我顺手把她揽进怀里。

最危险的一次是被管楼大爷堵在北大宿舍。北大的宿舍大爷和医大的胡大爷不一样，他们之间的区别简单而巨大：北大的管楼大爷是个坏大爷，医大的胡大爷是个好大爷。我和我女友在一个寒假里，趁其他人统统回家，在宿舍里使劲犯坏。那个寒假，我第一次发现，犯坏是件挺累的事情。前人的智慧应该尊重，前人说，女人如水，水是"绳锯木断，水滴石穿"的水。把女人的水井打出水来，女人就是海，即使有孙悟空的金箍棒，扔进海里也是一根绣花针。一个寒假，我本来想把劳伦斯的四本主要长篇都读完，结果只读了一本。我当时还年轻气盛，受了封建思想毒害，心怀天下，偶尔想起不朽，想着得志则行天下，像曾国藩似的，大事干尽；不得志则独善其身，像李渔似的，留下生前身后名。所以那时候，我念到"天将降大任于是人也"，总觉得跟自己有关。我内心焦虑，但是表面装作镇静。我冷眼观看我的女友，她媚眼如丝，我怀疑她是上天派来的，为了苦我心智、劳我筋骨、让我长期缺钱、惹我行为错乱。上天就是高，没有比一个像我女友这样的姑娘更能达到这种目的了。苏格拉底就是这样被他老婆锻炼成哲学家的，我必须动心忍性，守住我的女友，这是我成长的一个重要途径。上天既然使用了美人计，我就只能将计就计，还是不招。我正和我的女友不屈不挠地犯坏，有人敲门。我对我女友说，不理他，不知道又是哪个高中同学来找我蹭饭，让我们善始善终吧。我女友理都不理我，"噌"地光着身子飞起来，在半秒钟之内，蹬进她死紧死紧的牛仔裤、灌上毛衣。半秒钟后，管楼大爷开门进来了，我女友一脸沉静、头发一丝不乱。我用被子蒙着头，在床上装死，我和我女友的内衣都藏在被窝里，我的心狂跳不止。

"你是谁？"管楼大爷问。

"我是他同学。"

"他怎么了？"

"他病了，病毒性痢疾。我来陪陪他。"

"有证明吗？"

"有。"我女友去取证明，我透过被子的一角，发现我女友三个破绽：她没来得及系皮带，用毛衣遮着，腰间鼓鼓囊囊的；她没来得及戴乳罩，乳房下垂；她穿着我的拖鞋，那种大拇指和其他四趾分开，中间夹住一个塑料小柱子的拖鞋。

管楼大爷说，要注意防火防盗，快春节了，别出乱子，然后就走了。我不知道他发现了什么没有，我想他即使发现了那三个破绽，也不好说什么，没堵到两个光身子，就不好说什么。我问我女友，她是怎么反应的。她说听见了钥匙响，不是一小串钥匙，而是一大串钥匙响，所以下意识地飞了起来。我更加怀疑我女友是女特务投胎，有惊人的素质，我内心更加焦虑，表面更加镇静。我对我的女友产生了无比崇敬，除了我老妈，我从没有对任何其他人产生过这种崇敬。我夸我女友，说她每临大事有静气。她一屁股坐在我的床上，长长出了一口气，说吓死她了，她要去小便。

现在一切都过去了，盖过我和我女友光身子的被子，已经交还，我们再也不会被困在一张床上了。以后，我不用怕任何大爷了。从今天开始，我睡觉的时候会分外安详。

"好吧，就这样吧，我回家睡觉去了。"我对我前女友说。

第十九章
永乐五年

按照最简单的形式，世界可以通过时间分解。一个人的世界，可以分为二十四小时。在二十四小时里，我吃饭，我念书，我睡觉，我无欲无求，我浑浑噩噩，我得大自在。我的前女友在还是我女友的时候，她笼罩在我的二十四小时里。

我们到地下一层的医大食堂吃饭，医大食堂和北大食堂不一样，卖饭和卖菜的窗口分开。我在左边的窗口买饭，我女友在右边的窗口买菜。我问我的女友胃口好不好，胃口好时，两个人买八两饭，胃口不好时，买六两，我胃口通常不好，我女友胃口总是很好。然后我们坐电梯回到我女友的宿舍，她的宿舍常常没人，她的宿舍总有能让难吃的肉片大椒土豆变得好吃的东西：榨菜、肉松、腐乳、腌椒。我们一边吃饭，我一边胡说八道，她一边微笑着听着。我好像老在说话，做不到孔丘教导的"食不言，寝不语"，所以我消化不良，想象力丰富，偶尔感觉空虚；所以我骨瘦如柴，长期睡眠不足，放屁通常很臭。我女友很快吃完，从挂在窗户外边的塑料袋里拿个苹果，开始削皮。宿舍没有冰箱，天冷的时候，我女友把水果用塑料袋装了，挂在屋外。削好皮的水果一切为二，我们一人一半，吃完，我女友去洗碗。我女友告诉我，五层是女生宿舍，女生盥洗室，男生进去不好，所以我什么都不用干，待着就好。我女友回来，手还是湿的，我们吃饱了，宿舍里很暖和，我们锁上门，我们搂搂抱抱，互相抚摸，我们像两只小兽，但是我们遵守人类的规则。她穿着厚呢子裙，我穿着运动裤，我们研究彼此的结构。我很快硬起来，我发现我女友的乳头也能硬起来，但是下身却渐渐柔软。我推断，我的小弟弟和我女友的乳头是用相近的材料制造，它们的组织里，有相近的受体，所以通过看到非礼的景象或是互相抚摸，神经活性物质分泌，受体被激活，于是血脉偾张。但是，我女友的下体却渐渐柔软，那或许是另一种结构类似、功能相反的受体在起作用。我对我女友说人真是奇妙呀，世界真是复杂呀。我女友说，那让我们犯犯坏吧。

我们去七楼自习，我们带着全套装备，我带着英汉医学词典，我女友带着暖壶。我们坐在一起，我们坐的时间很长，从下午五点到午夜一点，几年如此。七楼的椅子是人造板的，冰凉生硬，我女友缝了两个棉垫，一个是牡丹花图案，一个是米老鼠。我女友让我挑一个垫在屁股下面，她说米老鼠不错，朝气蓬勃。我说只有女生才用棉垫，我又不来月经，不用担心受凉痛经。我用，辛夷会笑话的，男生只有厚朴才上自习用垫子、睡觉前用水，我不垫。我女友把两个棉垫都自己垫了，平时牡丹花在下面，米老鼠在上面，朝气蓬勃。来月经的时候，米老鼠在下面，牡丹花在上面，含义丰富。我常常趴在课桌上小睡，冬天桌面冰凉生硬，我接触桌面的手一缩，我的女友在我手底下垫进米老鼠棉垫。我的屁股长期坐在冰凉生硬的人造板上，变得同样冰凉生硬，没有弹性，黑不溜秋。我女友也是长期坐着，但是她的屁股长期以来，还是像牡丹花一样娇嫩鲜艳，像米老鼠一样朝气蓬勃。我问我女友，同样是坐着，为什么我的屁股像砂纸一样粗糙，她的屁股却还像丝缎般柔软。我女友告诉我，她洗澡之后全身涂油，包括屁股，特别是屁股，要上重油。我闭上眼睛，纵极想象，这个洗澡之后全身涂油的景象非常非礼，让我坚硬无比。我下定决心，让我的屁股也变得像丝绸般柔软，我不仅洗澡后在屁股上涂油，我每次洗脸都涂，但是毫无效果。我女友说，我的屁股不是一天之内变成砂纸的，也不可能在一天之间变成丝绸。她很奇怪，我又不靠屁股横行天下，为什么还要在意它像砂纸还是丝绸。我女友的习惯健康，每隔一小时，她提醒我，放下书，极目四望，放松眼睛，别看自习室里头发洗得顺顺的女生，要看窗外的长安街、远处的天安门。我女友从书包里拿出珍珠明目液，自己先滴，然后闭着眼睛把药瓶递给我，我也滴，我俩一起泪流满面，好像很感动。每隔三小时，我女友说，出去走走吧，久坐伤气。我们漫步在昔日王府的花园中，花园里没有丁香树，不能数丁香花的瓣数，但是花园中有玉兰，有光线湮灭的角落。我对我女友说，这个园子鬼气太重，空气密度好像都比其他地方大，我常常感觉有什么东西轻轻拍我的肩膀，我常常古怪地硬起来。我对我女友说人真是奇妙呀，世界真是复杂呀。我女友说，那让我们犯犯坏吧。

我和我女友总没有太多机会安安静静躺在一起睡觉，所以我很向往那种时候。我喜欢和我女友睡在一起，她的奶头会硬，她的屁股像丝绸般柔软。我们一丝不挂，把被子裹紧，四角塞严，我们像躲在洞穴里的小兽。我女友说，我最动人的时候是生病时和睡熟后。我生病的时候，全身瘫软，精气内敛，眼睛柔情似水，表情妩媚动人。我睡熟的时候，全身蜷起，慈眉善目，一副天然气象，全然不见醒时的张牙舞爪。我女友说，这说明我本质上还不是个坏人，她很希望我一直是睡熟的样子。我和我女友睡在一起，对我还有一个极大的好处。我习惯性思维奔逸，但是有时候突然卡壳，脑子里好像有一个盲点，死活想不起来一件事情，比如十二对颅神经少记了一对。这种时候我总是非常难受，仿佛马上要到高潮了，毛片突然换成《跟我学》第十七课。这种时候，我如果和我女友睡在一起，我就把她弄醒，她什么事情都记得。我女友问我，知道不知道为什么有些男人老到不行了，有些女人老到绝经了，还是要找伴睡觉。我说不知道。我女友告诉我，他们为了相互温暖。人年纪大了，很怕冷，被子再暖和，一宿身子还僵。这种冷，只有接触肉身才能缓解。一个人冷，两个人抱在一起就不冷。我对我女友说人真是奇妙呀，世界真是复杂呀。我女友说，那让我们犯犯坏吧。

所以我女友是我的二十四小时，我的世界。这样的女友多了，我的世界可以按照我的女友们编年，什么翠芳洪武元年，什么春花建文四年，我女友永乐五年。将来我老了，我对人讲过去的故事，我说，那是很久以前的事情了，那是我好几个女友之前的事情了。但是现在，我的女友成了我的前女友，新的帝王还没有出现，我没有新的纪年，我没有二十四小时，我的世界五代十国、混沌一片。

我洗了洗我刷牙用的搪瓷缸子，缸子上白底红字，印着"三八红旗手"。我拿着搪瓷缸子到地下一层的食堂打饭，卖饭的师傅习惯地问我："六两还是八两？"我看了他一眼，伸出搪瓷缸子说："二两。"我一边上楼一边吃饭，米饭很白，肉片很肥，大椒很青，土豆很黄。我坐在宿舍里，不吃的肉片扔到桌子上，每个人把不吃的都扔到桌子上。桌子上垫了好几张过期的《××日报》，前几天的国家大事被肉片骨头污得难以辨认。王大劝我节哀顺变，说早就告诫过我，好兔子不吃窝边草，勤快些，找姑娘要非医非护非鸡。辛夷说，好事，好事，早觉着我和我前女友不合适，狗肉不能硬往羊身上贴。现在好了，我可以和他做伴了。厚朴说，不是好事，

不是好事，东单街上又不太平了，谁家有闺女得好好看好了。黄芪说，无论好事坏事，都放一放，事缓则圆。好像下围棋，一个地方不知道如何下子，就先放着，他处着子，过一阵子，自然知道原来那个地方该如何下了。杜仲一句话没说，蹿出宿舍，去"奥之光"副食店买了半打啤酒上来，说庆祝庆祝。最后，我们在东单大排档结束，六个人喝了一箱燕京清爽。我喝到第六瓶的时候，站立不稳，我一手酒瓶，一手鸡腿，面冲大家，面冲长安街，发表演说。我说谢谢大家好意，但是没用，我要利用这个机会，重新做人，好好读书。我们医大好些前辈名医都是被始乱终弃之后，觉得爱情虚伪无聊，人面狰狞，不如归去读书，遂成一代名医。我为什么不成？你们看我能说出这番话，就说明我没醉。

第二天，我醒来，厚朴抱着枕头在床边看着我，表情异样。厚朴说，我昨天真的醉了。他看见，我昨天夜里从床上爬起，镇静地爬下床梯，缓慢而坚定地走到厚朴的床头，脱了裤子就开始小便。厚朴急忙躲闪，抢出了枕头，他不敢惊醒我，我小便完，抖了抖，又上床去了。厚朴抱着枕头到其他宿舍凑合了一宿。

我独自坐在七楼自习室，心绪不宁，我找了一张大白纸，乱写一气，没有顺序，文白间杂，中英混排，总之都是激励自己的话，激励自己蔑视女色成为顶天立地的大人物："高筑墙，广积粮，缓称王。算了，去干你该干的事情去吧。Hold it tight and let it go（好好把握，放手去做）.让自己忙起来，让自己的心平静下来。志当存高远，思当在深微。给她一段自由时间，不许你再求她，求她回来，绝不！不许再想丁香花、玉兰花，总之不许再想任何花。Do not trouble trouble till trouble troubles you（麻烦没来找你，就别去自找麻烦）.不仔细想，就不烦。既耕复已种，时还读我书。锻炼你性子中最弱的一环。Learn to labor and to wait（要学会劳作，学会等待）.干自己喜欢干的事。面壁十年图破壁，汝大器，当晚成。潜龙毋用。Self-control,self-contain,self-efficient（自我控制、自我宽容和自我效能）.前面的小师妹到了夏天，想情郎想得心酸。书中有足乐，度岁不知年。手背后，脚并齐，两眼看着毛主席。我独默守我太玄。失去孤寂，就会失去一种奇异的力量。Boys, be ambitious（孩子们，要有野心）！"

我没有了茶缸，茶缸还给了我前女友，我上自习没有茶喝。没有茶水支持，我在课桌上昏睡过去，然后冻醒，手脚冰凉，手底下没有米老鼠棉垫。我决定回宿舍睡，睡了一会儿，忽然惊醒，我把一本荷兰人高罗佩写的《房内考》落在自习室了。那是解放前的初版书，插图精美，不敢丢。我赶到自习室，我原来的座位，被一个小师妹占了。小师妹一张鞋底脸，头发黄黄的，散碎的小卷儿，一点浅黑的眼袋，肾气不足的样子。这个师妹，王大和辛夷仔细夸过，都说属于"不以美艳惊天下，而以淫荡动世人"的类型，不俗。王大怂

235

愚过辛夷多次："上吧，什么是玩，什么是被玩？什么叫受伤的总会是你？只要你不认死理，就已经立于不败之地了。就当吃了一个大西瓜，撒了一泡尿，你什么也不亏。"我自知尴尬，小声谨慎地问那个小师妹："我好像在这儿落了一本书，不厚不薄，四四方方，不知道你看见没有。"小师妹眼皮不抬，一边继续看书，一边说："我没看见，我没看。我们宿舍的人在看，应该在我们宿舍呢。"我更加谨慎："那，看你方便，明天上自习的时候能不能给我带回来？"小师妹点了点头，继续看书。第二天，那本《房内考》放在原处，小师妹坐在旁边的一个位子上，目不斜视，仔细看书，好像那本《房内考》一直在那儿，从没人动过，和她没有任何关系。我若无其事地拿起那本《房内考》，小声唠叨："总算找到了，给辛夷急坏了。要是我找不到，辛夷要跟我拼命的。"

有时候，我前女友就在我前面坐着，我们在一个屋子里上自习，我越看她，越觉得美丽。我明白，我越看，心里越容易变态，人越完蛋。我强扭视线，遥望窗外的天安门。我多希望，自习室的黑板上方高挂毛主席像，供我凝望，像我上小学时的教室一样。我在楼道遇见我前女友，她刚刚从外面回来的样子，神秘而美丽。

"你好呀。"我对她说。

"你好呀。"

"你好吗？"我问。

"还行。你呢？"

"还行。你去哪儿了？"我继续问。我不应该如此好奇，但是我还是好奇，我有病。

"出去了一趟。"

"去哪儿了？"

"去北大了。"

"不是清华？"

"是北大。"

"去北大干什么了？"

"干点事。"

"干什么事？"

"查查我的电子邮件。"她说。

我从垂杨柳拿了床被子，但是远没有我前女友的被子舒服。我在我的新被子里，辗转反侧，难以成眠。我梦见第一次偷看毛片，垂杨柳的小屋里左右无人，我锁了门，拉上窗帘，我感觉冷，添了件衣服。我牵出小弟弟，戳在我面前，它乌黑发亮，我根据画面上的比例关系，比较大小。我掐指计数，统计出现过几种姿势，心想，原来还可以这样。忽然有人敲门，我一把关上电视。开门的时候，我醒了，眼前好大的月亮。

辛夷说，我前女友新配了呼机，她的清华男生好像挺有钱，好像在开公司。晚上十二点左右，他常常在东单大排档摆下宴席，打手机呼我前女友去吃夜宵。我问辛夷，他怎么知道。辛夷说，我前女友的呼机是数字机，有个密码本，将数字转成简单文字，有一回他在楼道里偷听到，我前女友一边对着呼机翻看密码本，一边唠叨，"东单，老地方，一起，吃饭。"王大证实，他在东单大排档不止一次，在午夜过后碰上我前女友和那个清华男生。那个家伙有一个巨大的手机，被他像个假阳具似的戳在饭桌上，乌黑发亮。

我知道自己很无聊，但是我还是在一个午夜来到楼下。我站在楼门口，楼门口上面八个大字：勤奋、严谨、求精、献身。我站在"求精"二字下面。我给自己很多其他理由，"长夜漫漫，无心睡眠"，"下来抽根烟，休息休息脑子"，"夜色迷人，看看月亮"。我站在楼门口，我等待我前女友和她的清华男生出现。

我想看看我前女友如何依在别人怀里，如何在那个家伙的帮助下翻墙进院子，两个人如何隔着铁门持手相看，如何透过铁门的镂空吻别。然后，我在他们发现我之后的一瞬间转身，消失在大楼里。我不会和我前女友说话，我不知道该说什么，但是我想让她看见我看见了一切，这很重要。夜风吹来，我一阵颤抖。这是种很奇怪的颤抖，像是高潮前的几秒钟，我无法理解它为什么在这时出现。

第二十章
非花

那次，我和我初恋分手，我其实说了很多话。

我一百五十个信封用完，我的初恋已经在北京了。我刚刚考完期末考试，怅然若失，处于"拔出悔"阶段，考试前想好的那些游走玩耍项目，全没了兴致。很累，躺在床上却睡不着。我心里矛盾，我想我初恋马上出现在我面前，我们两个杯子，喝一瓶"二锅头"。她看见我蓬头垢面、委顿如泥的样子，我给她介绍王大、辛夷、黄芪、厚朴、杜仲等坏人。我们去东单大排档，等风从长安街吹起。酒高了，酒杯就变得奇大无比，我们搂搂抱抱坐在酒杯里，一起唱"读书误我四十年"。我要教她我们刚刚发明的一种划拳方法，"你淫荡呀，你淫荡"，"你淫荡呀，他淫荡"，"你淫荡呀，我淫荡"。第一分句是预备，说第二分句时，大家齐出手指，指向一个你认为淫荡的人。公推"淫荡"的人，输，罚酒。一个例外，大家都指一个人，但是那个人自指自己淫荡，大家输，罚大家酒。我又想，还是等几天吧，缓缓，等我重新容光焕发、朝气蓬勃，又能五讲四美三热爱的时候，再见她，保持我高大光辉形象。

我还是没忍住，我想听见她的声音。我打电话给我的初恋，几次都是她弟弟接的。我问："你姐姐在家吗？"他答："没。"我再问："你知道她去哪儿了吗？"他答："不。"我又问："你知道她什么时候回来吗？"他答："不。"我最后说："她回来，麻烦你告诉她一声，我找过她，我姓秋，秋天的秋。"他说："好。"我认真地怀疑，电报是不是我初恋的弟弟发明的。还好，他没问我是谁，否则我一时想不清楚，张口会说，我是你大爷。

晚上又试了一次，是我初恋接的。我心狂跳，火苗老高。我的一百五十封信，她的一百五十封信，一封一封地烧，也够烤熟一道红烧猪头了。我原本期望，她会稍稍停顿一下，然后说："水，你在哪里？我要马上见你。"但是，电话那边安静如水。

"是我。"我说。

"嗯。"

"你好吗？"

"还行。"

"你在哪里？我想见你。"我说。

"我在家。"

"我想现在见你。"我说。

"改天吧。"

"什么时候？"

"过几天。"

"几天？"

"两天。"

我说，那好吧。挂了电话，怀疑她弟弟发明电报的时候，她是不是也积极参与了。我没抱怨太多，我已经习惯。我抱出那些信，慢慢重读，清点我的所有。她用的信纸挺薄，长时间的抚摸，已经有些残破模糊，好像我的记忆。我暗暗笑了，她的信还是挺直白的，但是初读时，好像总觉不够肉麻、不够露骨，我总希望更肉麻些、再露骨些，隔着遥远的距离，感受热度。我显然在期望正经姑娘演变成鱼玄机。这么多年了，我的初恋总是离我忽远忽近。其实，她一直在的。仿佛月亮，我忙忙碌碌的时候，是白天，争名逐利，五讲四美三热爱，似乎看不到。一静下来，天忽然黑了，月亮就赫然在心头照着。其实，月亮一直都在。我已经习惯，无由地想起她，放慢脚步，慢慢想起，仿佛一杯酒慢慢倒满，一支烟点燃，一轮月亮升起来。

两天后，她穿了一件蓝色的大衣。我看见她的时候，一只无形的小手敲击我的心脏，语气坚定地命令道："叹息吧。"我于是叹一声说："你瘦了。""但是头发长了。"她说。我不知道接下去说什么，于是牵了她的手，她的手干冷僵硬，没有一点热度，任我牵着。我初恋淡淡地说："走走吧。"天气干冷，呵气成冰。我们在团结湖公园行走，里面空无一人，冻实的冰面发出阵阵声响，有些分子键断裂了，有些重新生成。我初恋说，她有病，她不知道怎么做，她一脑袋糨糊。

我初恋说道："你喜欢的不是我。你知道我和别人相处是什么样吗？你知道我在家是个什么样子吗？梦和现实距离太远，我所有回忆都是高中三年，和现实这个人隔得太远。我隐约知道，你喜欢的是什么。但是那不是我。在这件事上，我很挑，差一点也不行。"

"你是让人追烂了，追糊涂了。"

"我高一的时候，还没被追烂，你在干什么？"

"我在看白纸黑字的书，在崇尚孔丘韦编三绝，董仲舒的三年不窥园。我现在在白纸黑字中看见你的脸。"

"我五年前就在白纸黑字中间看见你的脸了。你为什么让我等了五年？"

"别想以前了，你睁开眼睛，看看眼前这个人：身高一米八，体重一百二。会背《琵琶行》，会唱《十八摸》。知道内耳结构、性感区带，知道你唯一一块痒痒肉在什么地方。穿大号T恤衫，戴小号避孕套。眼前这个人，好像一本书摊在你面前，何苦再读其他版本，何苦再读书评。一页页看来，等你叫好，等你骂。"

"我消化不良。我害怕，我怕一切不是想象中的样子，我怕我不是你想象的样子。我没有那么好，我没有你想象的好，我害怕让你失望。我从来没有过，我感觉我在渐渐失去自己，我总想按照你想象我的样子改变，总想讨好你，我从来没有讨好过别人，我从来没有过，所以累，所以害怕。像你说的，玫瑰花做汤不如菜花香。"

"你不是我，你怎么知道我想象你是什么样子？"

"我是女孩，我有感觉。这和理科训练没有关系，你再出身名家也没有用。至少我不确定，我不是个赌性很重的人，我和别人赌得起，和你赌不起。"

"一切在好起来，不要太早下结论。我记得高中时候梦见你，你在远远的地平线上，现在梦见你，我睡在你怀里。"

"你需要身边有个好女孩，我们太远了。什么梦也是梦，不是真的。你需要身边有个实实在在的好女孩，实实在在地睡在她怀里。"

"你不想赌了？"

"赌不起。我怕小命都搭进去。"

"好，我不逼你了。我试过了，也对自己有交代了。"

"我等我醒过来。我去找你，等我给你一个完全的我。"

"你醒过来的时候，我要是已经名花有主了呢？"

"那就争一下看。"

"答应我一件事情吧。"

"什么事？"

"以后，每隔五年，我如果想见你，就可以见到你一次，比如你三十岁的时候、三十五岁的时候、四十岁的时候。"

"好的。我知道为什么。"

"是吗？"

"你想看看我是否对你还有吸引力。"

"我想知道，我什么时候，可以见到你而不再有抱你的冲动。到了那个时候，我就不再写小说了，一句也不写了，写也写不好了。那以后，我就一心一意做个医生，或者开家小书店，我不多想了，就幸福了。人有些能力会自行失去，不由人控制，就像我无法控制我当初是不是遇见你，我无法控制你现在要离开。有好些这样的能力，比如排卵，比如勃起，忽然一天早上醒来，就不行了。现在科技还是不发达，无法证明很多东西，但是我想，我的身体，对你，肯定能产生一种特别的激素，分子构成也好，分子排列也好，空间构型也好，总有和其他激素不一样的地方，无法归类。它与肉欲无关，它不刺激我上床，它和别人无关，见到别人，它不分泌。什么时候，这种激素不分泌了，我就悟了，不再想抱你了，我就解脱了。"

"那我会尽我全力，保持美丽。"

"最后亲我一下好吗？"我说。

"不。"

"为什么不？我吃了口香糖，薄荷的，才吐出去。"

"一下之后会有第二下，亲了之后会想抱你，现在做了，会明天也想要。"她说话的神情淡远，回手掸了掸我的车座，然后转身走了。我摇摇头，转身，骑车离开。骑出几步，我听见她冲我喊："水，别怪我。"然后黑暗中传来跟跄急促的脚步声，很快远了。我顶了风，向家骑，迎面的天空上有颗亮得吓人的大星坠落。

月亮依旧升起来，我躺在床上，随身听放着《悲怆》，我无所事事，点了一根"骆驼"烟，想起了我和我初恋的分手。辛夷躺在下铺念英文，问我在想什么。我说，我什么也没想，我在想，如果我初恋在这个时候突然出现，我会怎么办。辛夷说，我初恋是个美人，越细想越是个美人。有些姑娘像茶叶，多泡才出味道，越想越美丽。

这时候，宿舍门被人敲响，我初恋穿了件蓝色的大衣，站在楼道里，周围挂的满是晾着的衣服，厚朴一条巨大的内裤，竹子衣架撑了，绿底黄点，像一面非洲某国国旗似的悬挂在她身后。我从上铺掉了下来，摔在地上，发出闷响。辛夷在瞬间消失，宿舍里只剩我和我的初恋。

她不脱大衣，眼睛看着窗外，说道："我不知道为什么到这里来，走着走着，人就在这儿了。我不找你，有无数的理由。找你，没有任何理由。你为什么让我等了那么久？你为什么要过了五年才第一次说你喜欢我？"

"可能是激素水平不够吧，高到产生向往，没有高到促成行动。"

"那个暑假，整个暑假，你都在干什么？你在等什么？"

"我硬了又软，软了又硬，我在锻炼我的小弟弟，让它粗壮。"

"告诉我，我为什么要来找你？"

"我不知道。"

"好，我知道。你答应我一件事，从现在起，你不许说话。你如果不答应，我马上就离开。你答应，咱们去垂杨柳，你的屋子。"

我点点头，牵了她的手，往外走。她的手心有汗，反手把我的手紧紧扣住，眼睛还是落在远远的地方，很有使命感的样子。我们穿过摆满试剂柜和各式冰箱的楼道，楼道里本来有一股浓重的老鼠饲料味道，可是我什么都闻不到。我的感官封闭，即使我的初恋让我说话，我开口也没有声音。

的车一个挨一个开过起重机械厂、通用机械厂、光华木材厂、内燃机厂、齿轮厂、轧辊厂、北京汽车制造厂、机床厂、人民机械厂、化工机械厂、化工二厂，天黑了，薛四还没收摊，吆喝着路人把卖剩的菜便宜包圆儿。

我打开台灯，我垂杨柳的屋子就亮了，四处堆积的书拉出长短浓淡的影子。我的初恋闩了屋门，拉紧窗帘，我的感官封闭，我的头脑停止运转。

我的初恋笑了笑，对我说："水，别怪我。"转瞬间，她的衣服如灰烬般零落，迎着灯光，她的身体像果冻般透明。

"要我吧。"她说。

我按她的吩咐做了。

第二十一章
洗车

"我的故事讲完了。"

那个自称秋水的男孩眼里精光一闪，随即半闭上了眼睛，仰脖喝干了方口杯里的燕京啤酒。我坐在他对面，我的方口杯子里还有啤酒。已经午夜两点了，这个叫"洗车"的酒吧没剩几桌人，一对小男女，在另外一个角落里互相凝望，脸上发光，也不出声说话，四只手搭在原木桌子上紧紧握着，四条腿潜在桌子下杂乱叉着。我和秋水尽管坐在酒吧深处的角落里，还能听见屋外的流水，闻到柏树的味道。

"没讲完。后来呢？"我急着问，太多东西讲了，太多东西还没讲清楚，人物还都各无所终。

"你想听真的后来，还是假的后来？"

"真的后来。"

"后来，故事就完了。我们所有人，各回各家，各找各妈。"

"那我听假的后来。"

"后来，故事也完了，从此后，公主和王子幸福地生活在一起。"

"后来你初恋呢？"我从小看电影，要问谁谁是好人，谁谁是坏人。我长大了，听故事，要问谁谁好死了，谁谁赖活着。

"后来，辛夷和小翠分了一次手，很悲壮地转身离去。过了三年，这个没出息的又和小翠搭上了关系。这时候小翠已经在亮马河一带小有名气，成了九龙一凤式的人物。小翠在亮马河一带坐台，又是大学生，又是北京本地的，又会英文，价钱比市价高出一倍。有时候，小翠晚上上班之前，觉得时间还早，就来陪辛夷一起上自习。小翠喷得可香了，我们都喜欢在小翠和辛夷周围坐着上自习，夏天没有蚊子咬。辛夷游说小翠半年之久，想让小翠到他家见见他爸妈。辛夷他爸自从拆散辛夷和女工秀芬之后，一直觉得理亏，辛夷他妈见儿子老没女朋友，天天数落他爸。小翠严肃地告诫辛夷，她从小成长在北京胡同，近年来见了世面，总接触老板和领导，嘴脏得很，怕吓着他爸妈。辛夷说，不会的，到了他家，少说话多吃菜就好了。小翠到百货大楼买了套爱德康职业女套装，跟辛夷说，好久没穿裤子了，真暖和。小翠到发廊重新做了头发，把小卷拉直，发际中分，梳了两个小辫子，皮筋儿系了，左右对称，黑黑的，搭在胸前。辛夷妈妈见了，高兴得不行，一个劲儿唠叨，说家里藏了一套七十二件的瓷器，将来他们结婚能派上用场。小翠笑笑不说话，使劲啃鸡腿。辛夷爸爸说，辛夷是个好孩子，就是有时候，说起话来浑蛋透顶，找抽。小翠笑笑点头，还不说话，大口喝汤。最后辛夷妈妈送小翠出院门，叮嘱辛夷一定要送姑娘到家门口，叹了一口气，说，姑娘，你就说句话吧。小翠实在不好意思了，说道：'大妈，您还是赶快回去吧，外边这么冷，瞧你丫冻得那操行。'"

"后来你初恋呢？"

"后来黄芪和娟儿关系很好，看这样子，要一辈子的戏。黄芪的老丈人可喜欢黄芪了，夸黄芪有学问。黄芪在他老丈人的床下，发现一箱子的法制文学，火车上卖的那种。他老丈人解放后，首批清华毕业，领国家有突出贡献中青年科学家津贴，脑子可好使了，又不多想。黄芪给他老丈人讲《绿色尸体》和《一双绣花鞋》，老丈人吓得直往丈母娘怀里钻，夸黄芪有学问。"

"后来你初恋呢？"

"我一觉儿醒来，她就不见了。我头很痛，我挣扎着给我赵姓学数学的同学写了封电子邮件，告诉他，他说得完全正确，世界是个平面，像一张白纸，但是，千千万万不要捅破那个洞，千千万万。后来，我怀疑我初恋根本就没来过，根本就是我意淫一场。可是我垂杨柳的床单上，有一块暗红的血迹。我洗不掉，就带回宿舍了。我怕我老妈发现，垂杨柳方圆五里，没有什么事情能瞒住我老妈。我给我初恋家里打电话，一直没人接，连她弟弟都不在。隔了一天，我又打，她弟弟接的。我问：'你姐姐在家吗？'他答：'没。'我再问：'你知道她去哪儿了吗？'他答：'我知道。她到美国去了。工作。和她老公一起去的。结婚第二天就走了。她老公和她一个单位的。她老公是处长，长得比你好，长得比你像好人。我知道你是谁。你姓秋，秋天的秋。别再打电话来了。没人会告诉你我姐姐的联系电话。'"

"后来你前女友呢？"

"还是我前女友。"

"后来柳青呢？"我飞快地查看了一下我的电脑记事本，明天的两个会都是能推掉的，我不是主角。一个会是卫生部的，让我主管医院的副总去。另一个会是新闻出版署的，让我主管书店的副总去。我感觉柳青和眼前这个号称秋水的人关系错综复杂，我毫无睡意。已经三点了，索性不睡了，我打算一直听下去，听出个究竟。

"后来，没有后来。"秋水眼里精光一闪，随即闭上。

"没有后来是什么？"

"后来是现在。"

"那就讲讲现在。"

"现在太近了，没有办法讲。"

"那后来柳青呢？"

"后来我和柳青也上床了。"

"再后来呢？"

"再后来，柳青躺在床上，她说我在床上像野兽，怀疑我是否真的受过那么多年教育，念过那么多书。"

"再后来呢？"

"再后来又和柳青上床了。"

"再后来呢？"

"再后来，柳青回忆，我第一次和她做爱，全过程中，没有出一点声音。我当时全身颤抖，两眼闪亮，在无声无息中，泪流如注。柳青说，她心痛如绞，在那一瞬间，她深深爱上了我，她发现她其实从来没有爱上过其他任何人，而且不可能再爱上其他任何人。这件事永远不可能改变，甚至不以她的意志而转移。她可以从此夜夜风尘而同时为我守身如玉。"

"再后来呢？"

"再后来，酒没了。"秋水抬了杯子，让我看见杯底，没酒了，我们不觉中喝了一打燕京啤酒。我喊伙计添酒，伙计打着哈欠说，老板困了，锁了酒柜，先回去睡了，酒拿不出来了。

"没有酒了，就没有故事了。"秋水说。伙计换了盘CD，一首烂俗的歌，《没有女人没有哭泣》。

"换个地儿，再找一打燕京，咱们再聊。"

"我和柳青的后来，一打燕京讲不完。"

"一箱。"

"改天吧。"

我付了酒账，一个电线杆子一个电线杆子地走，很晚才回家。我打了个电话给我的老情人，想问她孩子最近怎么样了。电话响了好久，一个男的接的：

"你找谁呀？"

"柳青在吗？"

"你是柳青什么人呀？"

"柳青在吗？"

"你丫到底是谁呀？"

"我是你大爷。"

一九九八年五月至二〇〇一年一月

新泽西、纽约、亚特兰大、北京

《万物生长》
后记

简单地说，这部小说是个失败。

本来想写出一个过程，但是只写出一种状态。本来想写出一个故事，但是只写出一段生活。本来想写出一个可爱的人物，但是这个人物总体上沾沾自喜、自鸣得意，一副欠抽的样子。

成长（时间）是长期困扰我的一个问题。在《万物生长》里，我尽力想描述一个成长过程，阐述过去、现在和将来的关系。我笔力有限，没能做到，我只表现出一种混沌状态，一个过程的横断面。想到的唯一解决办法，是在《万物生长》所处生长环节之前和之后，再各写一部长度相近的小说，三种状态，三个横断面，或许能给人一个完整过程的感觉。

至于没写出一个完整故事和一个可爱人物，不全是笔力不逮。我在满足读者阅读期待和还原生活之间，徘徊许久，最后选择了后者。真实的生活中，多数的故事并不完整，多数没发育成熟的人物有各种各样浑蛋的地方。即使造出来时间机器，重新过一遍充满遗憾的年少时光，不完整的故事还是不完整，浑蛋的地方还要浑蛋。所有的遗憾，一点不能改变。

对于描述长期困扰于心的东西，有两种截然相反的观点。一种认为，描述过后，脓水流尽，得解脱，得大自在。另一种认为，描述之后，诊断清楚，这种困扰，水流云在，成了一辈子的心症。我无法评说哪种观点更加正确。

如果你读完这本文字，回望或是展望自己的青春，感觉烦躁异常，感觉山非山、水非水，说明我的失败还不是彻底的失败，这本文字所做的努力，还有些存在的价值。

图书在版编目（CIP）数据

万物生长 / 冯唐著. -- 北京 ： 北京联合出版公司，
2025.6. -- ISBN 978-7-5596-8102-7

Ⅰ. I247.5

中国国家版本馆CIP数据核字第2024LK8318号

万物生长

作　　者：冯　唐
出 品 人：赵红仕
责任编辑：龚　将

北京联合出版公司出版
（北京市西城区德外大街83号楼9层　100088）
河北鹏润印刷有限公司印刷　新华书店经销
字数150千字　　787毫米×1092毫米　1/32　　8.25印张
2025年6月第1版　　2025年6月第1次印刷
ISBN 978-7-5596-8102-7
定价：68.00元